近来我的心为四事所占据了：天上的神明与星辰，人间的艺术与儿童，这小燕子似的一群儿女，是在人世间与我因缘最深的儿童，他们在我心中占有与神明、星辰、艺术同等的地位。

万 / 物 / 可 / 爱
丰 子 恺 写 给 孩 子 的 散 文

春日游杏花吹满头

折得荷花浑忘却
空将荷叶盖头归

丰子恺 著

万物可爱

丰子恺写给孩子的散文

华中科技大学出版社
http://press.hust.edu.cn
中国·武汉

图书在版编目(CIP)数据

万物可爱：丰子恺写给孩子的散文 / 丰子恺著. —武汉： 华中科技大学出版社，2022.8（2025.3重印）
ISBN 978-7-5680-8226-6

Ⅰ．①万… Ⅱ．①丰… Ⅲ．①儿童文学－散文集－中国－现代 Ⅳ．①I286.6

中国版本图书馆CIP数据核字（2022）第083263号

万物可爱：丰子恺写给孩子的散文　　　　　　　　　丰子恺　著
Wanwu Keai: Feng Zikai Xiegei Haizi de Sanwen

策划编辑：娄志敏
责任编辑：田金麟
封面设计：三形三色
责任校对：刘　竣
责任监印：朱　玢
出版发行：华中科技大学出版社（中国·武汉）　　电话：（027）81321913
　　　　　武汉市东湖新技术开发区华工科技园　　邮编：430223
印　　刷：湖北新华印务有限公司
开　　本：880mm×1230mm　　1/32
印　　张：7　插页：8
字　　数：156千字
版　　次：2025年3月第1版第11次印刷
定　　价：49.80元

本书若有印装质量问题，请向出版社营销中心调换
全国免费服务热线：400-6679-118　　竭诚为您服务
版权所有　　侵权必究

目 录

> **第一辑**
>
> **四时之美——孩子的天性本与自然相近** / 001

003 ┉ 过年

014 ┉ 端阳忆旧

017 ┉ 清明

022 ┉ 初冬浴日漫感

026 ┉ 渐

031 ┉ 春

036 ┉ 大账簿

043 ┉ 两个"？"

万物可爱
丰子恺写给孩子的散文

第二辑

生灵万物——孩子最能见到事物的本相 / 049

051 ···· 白鹅

058 ···· 阿咪

063 ···· 贪污的猫

069 ···· 清晨

076 ···· 养鸭

081 ···· 白象

086 ···· 蝌蚪

097 ···· 杨柳

102 ···· 生机

107 ···· 梧桐树

目录
CONTENTS

第三辑

美的心灵——用孩童之心感受生命的温度 / 111

113 ···· 忆儿时

122 ···· 华瞻的日记

129 ···· 我的母亲

134 ···· 儿女

140 ···· 梦痕

147 ···· 菊林

150 ···· 阿庆

153 ···· 癞六伯

157 ···· 王囡囡

162 ···· 给我的孩子们

168 ···· 从孩子得到的启示

第四辑

艺术生活——儿童的本质是艺术的 / 173

175 ···· 手指
182 ···· 颜面
188 ···· 竹影（节选）
193 ···· 学画回忆
203 ···· 儿童与音乐
207 ···· 美与同情
213 ···· 艺术三昧
216 ···· 学会艺术的生活

第一辑

四时之美
——孩子的天性本与自然相近

一粒沙里看出世界,一朵野花里见天国。
在你掌中盛住无限,一时间里便是永结。

过年

我幼时不知道阳历，只知道阴历。到了十二月十五，过年的空气开始浓重起来了。我们染坊店里三个染匠司务全是绍兴人，十二月十六日要回乡。十五日，店里办一桌酒，替他们送行。这是提早举办的年酒。商店旧例，年酒席上的一只全鸡，摆法大有道理：鸡头向着谁，谁要免职。所以上菜的时候，要特别当心。但我家的店规模很小，店里三个，作场里三个人，一共只有六个人，这六个人极少有变动，所以这种顾虑极少。但母亲还是当心，上菜时关照仆人，必须把鸡头向着空位。

万物可爱
丰子恺写给孩子的散文

十六日,司务们一上去①,染缸封了,不再收货,农民们此时也要过年,不再拿布出来染了。店里不须接生意,但是要算账。整个上午,农民们来店还账,应接不暇。下午,管账先生送进一包银元来,交母亲收藏。这半个月正是收获时期,一家一店许多人的生活都从这里开花。有的农民不来还账,须得下乡去收。所以必须另雇两个人去收账。他们早出晚归,有时拿了鸡或米回来。因为那农家付不出钱,将鸡或米来抵偿。年底往往阴雨,收账的人,拖泥带水回来,非常辛苦。所以每天的夜饭必须有酒有肉。学堂早已放年假,我空闲无事,上午总在店里帮忙,写"全收"簿子②。吃过中饭,管账先生拿全收簿子去一算,把算出来的总数同现款一对,两相符合,一天的工作便完成了。

从腊月二十日起,每天吃夜饭时光,街上叫"火烛小心"。一个人"蓬蓬"地敲着竹筒,口中高叫:"寒天腊月!火烛小心!柴间灰堆!灶前灶后!前门闩闩!后门关关!……"这声调有些凄惨。大家提高警惕。我家的贴邻是

---

① 上去:按作者家乡一带习惯,凡是去浙东各地,称为"上去"。——编者注
② 年底收账,账收回后,记在"全收"簿子上,表示已不欠账。——编者注

第一辑　四时之美
——孩子的天性本与自然相近

王囡囡豆腐店，豆腐店日夜烧砻糠，火烛更为可怕。然而大家都说不怕，因为明朝时光刘伯温曾在这一带地方造一条石门槛，保证这石门槛以内永无火灾。

廿三日晚上送灶，灶君菩萨每年上天约一星期，廿三夜上去，大年夜回来。这菩萨据说是天神派下来监视人家的，每家一个。大约就像政府委任官吏一般，不过人数（神数）更多。他们高踞在人家的灶山上，嗅取饭菜的香气。每逢初一、月半，必须点起香烛来拜他。廿三这一天，家家烧赤豆糯米饭，先盛一大碗供在灶君面前，然后全家来吃。吃过之后，黄昏时分，父亲穿了大礼服来灶前膜拜，跟着，我们大家跪拜。拜过之后，将灶君的神像从灶山上请下来，放进一顶灶轿里。这灶轿是白天从市上买来的，用红绿纸张糊成，两旁贴着一副对联，上写"上天奏善事，下界保平安"。我们拿些冬青柏子，插在灶轿两旁，再拿一串纸做的金元宝挂在轿上；又拿一点糖塌饼来，粘在灶君菩萨的嘴上。这样一来，他上去见了天神，粘嘴粘舌的，说话不清楚，免得把人家的恶事全盘说出。于是父亲恭恭敬敬地捧了灶轿，捧到大门外去烧化。烧化时必须抢出一只纸元宝，拿进来藏在橱里，预祝明年有真金元宝进门之意。送灶君上天之后，陈妈妈就烧菜给父亲下酒，说这酒菜味道一定很好，因为没有灶君先吸取其香气。父亲也笑着称赞酒菜好吃。我现在回想,他是假痴假呆、逢场作乐。因为他中了这末代举人,科举就废,不得伸展,蜗居在这穷乡僻壤的蓬门败屋中,无以自慰,唯有利用年中行事,聊资消遣,亦"四时佳兴与人同"之意耳。

廿三送灶之后,家中就忙着打年糕。这糯米年糕又大又韧,自己不会打,必须请一个男工来帮忙。这男工大都是陆阿二,又名五阿二。因为他姓陆,而他的父亲行五。两枕"当家年糕",约有三尺长;此外许多较小的年糕,有二尺长的,有一尺长的;还有红糖年糕,白糖年糕。此外是元宝、百合、桔子等种种小摆设,这些都由母亲和姐姐们去做。我也洗了手去参加,但总做不好,结果是自己吃了。姐姐们又做许多小年糕,形式仿照大年糕,是预备廿七夜过年时拜小年菩萨用的。

廿七夜过年,是个盛典。白天忙着烧祭品:猪头、全鸡、大鱼、大肉,都是装大盘子的。吃过夜饭之后,把两张八仙桌接起来,上面供设"六神牌",前面围着大红桌围,摆着巨大的锡制的香炉蜡台。桌上供着许多祭品,两旁围着年糕。我们这厅屋是三家公用的,我家居中,右边是五叔

第一辑 四时之美
—— 孩子的天性本与自然相近

家,左边是嘉林哥家,三家同时祭起年菩萨来,屋子里灯火辉煌,香烟缭绕,气象好不繁华!三家比较起来,我家的供桌最为体面。何况我们还有小年菩萨,即在大桌旁边设两张茶几,也是接长的,也供一位小菩萨像,用小香炉蜡台,设小盆祭品,竟像是小人国里的过年。记得那时我所欣赏的,是"六神牌"和祭品盘上的红纸盖。这六神牌画得非常精美,一共六版,每版上面好几个菩萨,佛、观音、玉皇大帝、孔子、文昌帝君、魁星……都包括在内。平时折好了供在堂前,不许打开来看,这时候才展览了。祭品盘上的红纸盖,都是我的姑母剪的,"福禄寿喜"、"一品当朝"、"平升三级"等字,都剪出来,巧妙地嵌在里头。我那时只七八岁,就喜爱这些东西,这说明我对美术有缘。

绝大多数人家廿七夜过年。所以这晚上商店都开门,直到后半夜送神后才关门。我们约伴出门散步,买花炮。花炮种类繁多,我们所买的,不是两响头的炮仗和劈劈拍拍的鞭炮,而是雪炮、流星、金转银盘、水老鼠、万花筒等好看的花炮。其中万花筒最好看,然而价贵不易多得。买回去在天井里放,大可增加过年的喜气。我把一串鞭炮拆散来,一个一个地放。点着了火立刻拿一个罐头来罩住,"咚"的一声,连罐头也跳起来。我起初不敢拿在手里放。后来经乐生哥哥教导，竟胆敢拿在手里放了。两指轻轻捏住鞭炮的末端，一点上火，立刻把头旋向后面。渐渐老练了，即行若无事。

正在放花炮的时候，隔壁谭三姑娘……送万花筒来了。这谭三姑娘的丈夫谭福山，是开炮仗店的。年年过年，总是特制了万花筒来分送邻居，以供新年添兴之用。此时谭三姑娘打扮得花枝招展，声音好比莺啼燕语。厅堂里的空气忽然波动起来。如果真有年菩萨在尚飨，此时恐怕都"停杯投箸不能食"了。

夜半时分，父亲在旁边的半桌上饮酒，我们陪着他吃饭。直到后半夜，方才送神。我带着欢乐的疲倦躺在床上，钻进被窝里，蒙眬之中听见远近各处炮竹之声不绝，想见这时候石门湾的天空中，定有无数年菩萨餍足了酒肉，腾空驾雾归天去了。

"廿七、廿八活急杀，廿九、三十勿有拉，初一、初二扮赌客，你没铜钱我有拉。"这是石门湾人形容某些债户的歌。年中拖欠的债，年底要来讨，所以到了廿七、廿八，便活急杀。到了廿九、三十，有的人逃往别处去避债，故曰勿

第一辑　四时之美
——孩子的天性本与自然相近

有拉。但是有些人有钱不肯还债，要留着新年里自用。一到元旦，照例不准讨债，他便好公然地扮赌客，而且慷慨得很了。我家没有这种情形，但是总有人来借掇，也很受累。况且家事也忙得很：要掸灰尘，要祭祖宗，要送年礼。倘是月小，更加忙迫了。

年底这一天，是准备通夜不眠的。店里早已摆出风灯，插上岁烛。吃年夜饭时，把所有的碗筷都拿出来，预祝来年人丁兴旺。吃饭碗数，不可成单，必须成双。如果吃三碗，必须再盛一次，哪怕盛一点点也好，总之要凑成双数。吃饭时母亲分送压岁钱，我得的记得是四角，用红纸包好。我全部用以买花炮。吃过年夜饭，还有一出滑稽戏呢。这叫作"毛糙纸揩窰"。"窰"就是屁股。一个人拿一张糙纸，把另一人的嘴揩一揩。意思是说：你这嘴巴是屁股，你过去一年中所说的不祥的话，例如"要死"之类，都等于放屁。但是人都不愿被揩，尽量逃避。然而揩的人很调皮，出其不意，突如其来，哪怕你极小心的人，也总会被揩。有时其人出前门去了。大家就不提防他。岂知他绕个圈子，悄悄地从后门进来，终于被揩了去。此时笑声、喊声充满了一堂。过年的欢乐空气更加浓重了。

万物可爱
丰子恺写给孩子的散文

于是陈妈妈烧起火来放"泼留"。把糯米谷放进热镬子里，一只手用铲刀搅拌，一只手用箬帽遮盖。那些糯谷受到热度，爆裂开来，若非用箬帽遮盖，势必纷纷落地，所以必须遮盖。放好之后，拿出来堆在桌子上，叫大家拣泼留。"泼留"两字应该怎样写，我实在想不出，这里不过照声音记录罢了。拣泼留，就是把砻糠拣出，剩下纯粹的泼留，新年里客人来拜年，请他吃糖汤，放些泼留。我们小孩子也参加拣泼留，但是一面拣，一面吃。一粒糯米放成蚕豆来大，像朵梅花，又香又热，滋味实在好极了。

黄昏，渐渐有人提了灯笼来收账了。我们就忙着"吃串"。听来好像是"吃菜"。其实是把每一百铜钱的串头绳解下来，取出其中三四文，只剩九十六七文，或甚至九十二三文，当作一百文去还账。吃下来的"串"，归我们姐弟们作零用。我们用这些钱还账，但我们收来的账，也是吃过串的钱。店员经验丰富，一看就知道这是"九五串"，那是"九二串"的。你以伪来，我以伪去，大家不计较了。这里还得表明：那时没有钞票，只有银洋、铜板和铜钱。银洋一元等于三百个铜板，一个铜板等于十个铜钱。我那时母亲给我的零用钱，是每天一个铜板即十文铜钱。我用五文买一包花生，两文买两块油沸豆腐干，还有三文随意花用。

第一辑 四时之美
——孩子的天性本与自然相近

街上提着灯笼讨账的，络绎不绝。直到天色将晓，还有人提着灯笼急急忙忙地跑来跑去。这只灯笼是千万少不得的。提灯笼，表示还是大年夜，可以讨债；如果不提灯笼，那就是新年元旦，欠债的可以打你几记耳光，要你保他三年顺境。因为大年初一讨债是禁忌的。但这时候我家早已结账，关店，正在点起了香烛迎接灶君菩萨。此时通行吃接灶圆子。管账先生一面吃圆子，一面向我母亲报告账务。说到赢余，笑容满面。母亲照例额外送他十只银角子，给他"新年里吃青果茶"。他告别回去，我们也收拾，睡觉。但是睡不到二个钟头，又得起来，拜年的乡下客人已经来了。

年初一上午忙着招待拜年客人。街上挤满了穿新衣服的农民，男女老幼，熙熙攘攘，吃烧卖，上酒馆，买花纸（即年画），看戏法，到处拥挤，而最热闹的是赌摊。原来从初一到初四，这四天是不禁赌的。掷骰子，推牌九，还有打宝，一堆一堆的人，个个兴致勃勃，连警察也参加在内。下午，农民大都进去了，街上较清，但赌摊还是闹热，有的通夜不收。

初二开始，镇上的亲友来往拜年。我父亲戴着红缨帽子，穿着外套，带着跟班出门。同时也有穿礼服的到我家拜年。如果不遇，留下一张红片子。父亲死后，母亲叫我也穿着礼服去拜年。我实在很不高兴。因为一个十一二岁的孩子穿大礼服上街，大家注目，有讥笑的，也有叹羡的，叫我非常难受。现在回想，母亲也是一片苦心。她不管科举已废，还希望我将来也中个举人，重振家声，所以把我如此打扮，聊以慰情。

正月初四，是新年最大的一个节日，因为这天晚上接财神。别的行事，如送灶、过年等，排场大小不定，有简单的，有丰盛的，都按家之有无。独有接财神，家家郑重其事，而且越是贫寒之家，排场越是体面。大约他们想：敬神丰盛，可以邀得神的恩宠，今后让他们发财。

接财神的形式，大致和过年相似，两张桌子接长来，供设六神牌，外加财神像，点起大红烛。但不先行礼，先由父亲穿了大礼服，拿了一股香，到下西弄的财神堂前行礼，三跪九叩，然后拿了香回来，插在香炉中，算是接得财神回来了。于是大家行礼。这晚上金吾放夜①，市中各店通夜开门，大家接财神。所以要买东西，哪怕后半夜，也可以买得。父

---

①金吾放夜：不宵禁。——编者注

第一辑　四时之美
——孩子的天性本与自然相近

亲这晚上兴致特别好，饮酒过半，叫把谭三姑娘送的大万花筒放起来。这万花筒果然很大，每个共有三套。一枝火树银花低了，就有另一枝继续升起来，凡三次。谭福山做得真巧。……我们放大万花筒时，为要尽量增大它的利用率，邀请所有的邻居都出来看。作者谭福山也被邀在内。大家闻得这大万花筒是他做的，都向他看。……

初五以后，过年的事基本结束。但是拜年，吃年酒，酬谢往还，也很热闹。厨房里年菜很多，客人来了，搬出就是。但是到了正月半，也差不多吃完了。所以有一句话："拜年拜到正月半，烂溏鸡屎炒青菜。"我的父亲不爱吃肉，喜欢吃素，我们都看他样。所以我们家里，大年夜就烧好一大缸萝卜丝油豆腐，油很重，滋味很好。每餐盛出一碗来，放在锅子里一热，便是最好的饭菜。我至今还是忘不了这种好滋味。但叫家里人照烧起来，总不及童年时的好吃，怪哉！

正月十五，在古代是一个元宵佳节，然而赛灯之事，久已废止，只有市上卖些兔子灯，蝴蝶灯等，聊以应名而已。二十日，染匠司务下来，各店照常开门做生意，学堂也开学。过年的笔记也就全部结束。

端阳忆旧①

我写民间生活的漫画中,门上往往有一个王字。读者都不解其意。有的以为这门里的人家姓王。我在重庆的画展中,有人重订一幅这类的画,特别关照会场司订件的人,说:"请他画时在门上改写一个李字。因为我姓李。"这买画人把画当作自己家里看,其欣赏态度可谓特殊之极!而我的在门上写王字,也可说是悖事之至!因为这门上的王字原是端午日正午用雄黄酒写上的。我幼时看见我乡家家户户如此,所以我画如此。岂知这办法只限于某一地带;又只限于我幼时,现在大家懒得行古之道了。许多读者不懂这王字的意思,也是难怪的。

---

①本篇曾载于1947年6月23日《申报·自由谈》。——编者注

第一辑 四时之美
——孩子的天性本与自然相近

我幼时,即四十余年前,我乡端午节过得很隆重:我的大姐一月前头就制"老虎头",预备这一天给自家及亲戚家的儿童佩戴。染坊店里的伙计祁官,端午的早晨忙于制造蒲剑:向野塘采许多蒲叶来,选取最像宝剑的叶,加以剑柄,预备正午时和桃叶一并挂在每个人的床上。我的母亲呢,忙于"打蚊烟"和捉蜘蛛,向药店买一大包苍术白芷来,放在火炉里,教它发出香气,拿到每间房屋里去熏。同时,买许多鸡蛋来,在每个的顶上敲一个小洞,放进一只蜘蛛去,用纸把洞封好,把蛋放在打蚊烟的火炉里煨。煨熟了,打开蛋来,取去蜘蛛的尸体,把蛋给孩子们吃。到了正午,又把一包雄黄放在一大碗绍兴酒里,调匀了,叫祁官拿到每间屋的角落里去,用口来喷。喷剩的浓雄黄,用指蘸了,在每一扇门上写王字;又用指捞一点来塞在每个孩子肚脐眼里。据说,老虎头,桃叶,蒲剑可以驱邪;蜘蛛煨蛋可以祛病;苍术白芷和雄黄可以驱除毒虫及毒气。至于门上的王字呢,据说是消毒药的储蓄;日后如有人被蜈蚣毒蛇等咬了,可向门上去捞取一点端午日午时所制的良药来,敷上患处,即可消毒止痛云。

世相无常,现在这种古道已经不可多见,端阳的面目全非昔比了。我独记惦门上这个王字。并非要当作DDT用,却是为了画中的门上的点缀。光裸裸的画一扇门，怪单调的；在门上画点东西呢，像是门牌，又不好看。唯有这个王字，既有装饰的效果，又有端阳的回想与纪念的意味。从前日本废除纸伞而流行"蝙蝠伞"（就是布制的洋伞）的时候，日本的画家大为惋惜。因为在直线形过多的市街风景中，圆线的纸伞大有对比作用，有时一幅市街风景画全靠一顶纸伞而生色，而蝙蝠伞的对比效果，是远不及纸伞的。现在我的心情，正与当时的日本画家相似。用实利的眼光看，这事近于削足适履。这原是"艺术的非人情"。

一九四七年

清明

清明例行扫墓。扫墓照理是悲哀的事。所以古人说："鸦啼雀噪昏乔木，清明寒食谁家哭。"又说："佳节清明桃李笑，野田荒垄只生愁。"然而在我幼时，清明扫墓是一件无上的乐事。人们借佛游春，我们是"借墓游春"。我父亲有八首《扫墓竹枝词》：

别却春风又一年，梨花似雪柳如烟。
家人预理上坟事，五日前头折纸钱。

风柔日丽艳阳天，老幼人人笑口开。
三岁玉儿娇小甚，也教抱上画船来。

双双画桨荡轻波,一路春风笑语和。
望见坟前堤岸上,松阴更比去年多。

壶榼纷陈拜跪忙,闲来坐憩树阴凉。
村姑三五来窥看,中有谁家新嫁娘。

周围堤岸视桑麻,剪去枯藤只剩花。
更有儿童知算计,松球拾得去煎茶。

荆榛坡上试跻攀,极目云烟杳霭闲,
恰得村夫遥指处,如烟如雾是含山。

纸灰扬起满林风,杯酒空浇奠已终。
却觅儿童归去也,红裳遥在菜花中。

解将锦缆趁斜晖,水上蜻蜓逐队飞。
赢受一番春色足,野花载得满船归。

　　这里的"三岁玉儿",就是现在执笔写此文的七十老翁。我的小名叫做"慈玉"。

第一辑 四时之美
——孩子的天性本与自然相近

清明三天,我们每天都去上坟。第一天,寒食,下午上"杨庄坟"。杨庄坟离镇五六里路,水路不通,必须步行。老幼都不去,我七八岁就参加。茂生大伯挑了一担祭品走在前面,大家跟他走,一路上采桃花,偷新蚕豆,不亦乐乎。到了坟上,大家息足,茂生大伯到附近农家去,借一只桌子和两只条凳来,于是陈设祭品,依次跪拜。拜过之后,自由玩耍。有的吃甜麦塌饼,有的吃粽子,有的拔蚕豆梗来作笛子。蚕豆梗是方形的,在上面摘几个洞,作为笛孔。然后再摘一段豌豆梗来,装在这笛的一端,笛便做成。指按笛孔,口吹豌豆梗,发音竟也悠扬可听。可惜这种笛寿命不长。拿回家里,第二天就枯干,吹不响了。祭扫完毕,茂生大伯去还桌子凳子,照例送两个甜麦塌饼和一串粵子,作为酬谢。然后诸人一同在夕阳中回去。杨庄坟上只有一株大松树,临着一个池塘。父亲说这叫做"美人照镜"。现在,几十年不去,不知美人是否还在照镜。闭上眼睛,情景宛在目前。

正清明那天,上"大家坟"。这就是去上同族公共的祖坟。坟共有五六处,须用两只船,整整上一天。同族共有五家,轮流作主。白天上坟,晚上吃上坟酒。这笔费用由祭田开销。祖宗们心计长,恐怕子孙不肖,上不起坟,叫他们变成饿鬼。因此特置几亩祭田,租给农民。轮到谁家主持上坟，由谁家收租。雇船办酒外，费用总有余裕。因此大家高兴作主。而小孩子尤其高兴，因为可以整天在乡下游玩，在草地上吃午饭。船里烧出来的饭菜，滋味特别好。因为，据老人们说，家里有灶君菩萨，把饭菜的好滋味先尝了去；而船里没有灶君菩萨，所以船里烧出来的饭菜滋味特别好。孩子们还有一件乐事，是抢鸡蛋吃。每到一个坟上，除对祖宗的一桌祭品以外，必定还有一只小匾，内设小鱼、小肉、鸡蛋、酒和香烛，是请地主吃的，叫做拜坟墓土地。孩子们中，谁先向坟墓土地叩头，谁先抢得鸡蛋。我难得抢到，觉得这鸡蛋的确比平常的好吃。上了一天坟回来，晚上是吃上坟酒。酒有四五桌，因为出嫁姑娘也都来吃。吃酒时，长辈总要训斥小辈，被训斥的，主要是乐谦、乐生和月生。因为乐谦盗卖坟树，乐生、月生作恶为非，上坟往往不到而吃上坟酒必到。

第三天上私房坟。我家的私房坟，又称为旗杆坟。去上的就是我们一家人，父母和我们姐弟数人。吃了早中饭，雇一只客船，慢吞吞地荡去。水路五六里，不久就到。祭扫期间，附近三竺庵里的和尚来问讯，送我们些春笋。我们也到这庵里去玩，看见竹林很大，身入其中，不见天日。我们终年住在那市井尘嚣中的低小狭窄的百年老屋里，一朝来到乡村田野，感觉异常新鲜，心情特别快适，好似遨游五湖四海。因此我们把清明扫墓当作无上的乐事。我的父亲孜孜兀兀地在穷乡僻壤的蓬门败屋之中度送短促的一生，我想起了感到无限的同情。

初冬浴日漫感

离开故居一两个月,一旦归来,坐到南窗下的书桌旁时第一感到异样的,是小半书桌的太阳光。原来夏已去,秋正尽,初冬方到,窗外的太阳已随分南倾了。

把椅子靠在窗缘上,背着窗坐了看书,太阳光笼罩了我的上半身。它非但不像一两月前地使我讨厌,反使我觉得暖烘烘地快适。这一切生命之母的太阳似乎正在把一种祛病延年,起死回生的乳汁,通过了它的光线而流注到我的体中来。

我掩卷冥想:我吃惊于自己的感觉,为什么忽然这样变了?前日之所恶变成了今日之所欢;前日之所弃变成了今日

第一辑 四时之美
——孩子的天性本与自然相近

之所求;前日之仇变成了今日之恩。张眼望见了弃置在高阁上的扇子,又吃一惊。前日之所欢变成了今日之所恶;前日之所求变成了今日之所弃;前日之恩变成了今日之仇。

忽又自笑:"夏日可畏,冬日可爱"以及"团扇弃捐",乃古之名言,夫人皆知,又何足吃惊?于是我的理智屈服了。但是我的感觉仍不屈服,觉得当此炎凉递变的交代期上,自有一种异样的感觉,足以使我吃惊。这仿佛是太阳已经落山而天还没有全黑的傍晚时光:我们还可以感到昼,同时已可以感到夜。又好比一脚已跨上船而一脚尚在岸上的登舟时光:我们还可以感到陆,同时已可以感到水。我们在夜里固皆知道有昼,在船上固皆知道有陆,但只是"知道"而已,不是"实感"。我久被初冬的日光笼罩在南窗下,身上发出汗来,渐渐润湿了衬衣。当此之时,浴日的"实感"与挥扇的"实感"在我身中混成一气,这不是可吃惊的经验吗?

于是我索性抛书,躺在墙角的藤椅里,用了这种混成的实感而环视室中,觉得有许多东西大变了相。有的东西变好了:像这个房间,在夏天常嫌其太小,洞开了一切窗门,还不够,几乎想拆去墙壁才好。但现在忽然大起来,大得很!

不久将要用屏帏把它隔小来了。又如案上这把热水壶,以前曾被茶缸驱逐到碗橱的角里,现在又像纪念碑似的矗立在眼前了。棉被从前在伏日里晒的时候,大家讨嫌它既笨且厚,现在铺在床里,忽然使人悦目,样子也薄起来了。沙发椅子曾经想卖掉,现在幸而没有人买去。从前曾经想替黑猫脱下皮袍子,现在却羡慕它了。反之,有的东西变坏了:像风,从前人遇到了它都称"快哉!"欢迎它进来。现在渐渐拒绝它,不久要像防贼一样严防它入室了。又如竹榻,以前曾为众人所宝,极一时之荣。现在已无人问津,形容枯槁,毫无生气了。壁上一张汽水广告画。角上画着一大瓶汽水和一只泛溢着白泡沫的玻璃杯,下面画着海水浴图。以前望见汽水图口角生津,看了海水浴图恨不得自己做了画中人,现在这幅画几乎使人打寒噤了。裸体的洋囡囡跌坐在窗口的小书架上,以前觉得它太写意,现在看它可怜起来。希腊古代名雕的石膏模型 Venus 立像,把裙子褪在大腿边,高高地独立在凌空的花盆架上。我在夏天看见她的脸孔是带笑的,这几天望去忽觉其容有蹙,好像在悲叹她自己失却了两只手臂,无法拉起裙子来御寒。

其实,物何尝变相?是我自己的感觉变叛了。感觉何以能变叛?是自然教它的。自然的命令何其严重:夏天不由你不爱风，冬天不由你不爱日。自然的命令又何其滑稽：在夏天定要你赞颂冬天所诅咒的，在冬天定要你诅咒夏天所赞颂的！

人生也有冬夏。童年如夏，成年如冬；或少壮如夏，老大如冬。在人生的冬夏，自然也常教人的感觉变叛，其命令也有这般严重，又这般滑稽。

一九三五年双十节晚于石门湾

渐

　　使人生圆滑进行的微妙的要素，莫如"渐"；造物主骗人的手段，也莫如"渐"。在不知不觉之中，天真烂漫的孩子"渐渐"变成野心勃勃的青年；慷慨豪侠的青年"渐渐"变成冷酷的成人；血气旺盛的成人"渐渐"变成顽固的老头子。因为其变更是渐进的，一年一年地、一月一月地、一日一日地、一时一时地、一分一分地、一秒一秒地渐进，犹如从斜度极缓的长远的山坡上走下来，使人不察其递降的痕迹，不见其各阶段的境界，而似乎觉得常在同样的地位，恒久不变，又无时不有生的意趣与价值，于是人生就被确实肯定，而圆滑进行了。假使人生的进行不像山坡而像风琴的键板，由do忽然移到re，即如昨夜的孩子今朝忽然变成青年；或者像旋律的"接离进行"地由do忽然跳到mi，即如朝为青

雀巢可俯而窥

蚂蚁搬家

第一辑 四时之美
—— 孩子的天性本与自然相近

年而夕暮忽成老人,人一定要惊讶、感慨、悲伤,或痛感人生的无常,而不乐为人了。故可知人生是由"渐"维持的。这在女人恐怕尤为必要:歌剧中,舞台上的如花的少女,就是将来火炉旁边的老婆子,这句话,骤听使人不能相信,少女也不肯承认,实则现在的老婆子都是由如花的少女"渐渐"变成的。

人之能堪受境遇的变衰,也全靠这"渐"的助力。巨富的纨绔子弟因屡次破产而"渐渐"荡尽其家产,变为贫者;贫者只得做佣工,佣工往往变为奴隶,奴隶容易变为无赖,无赖与乞丐相去甚近,乞丐不妨做偷儿……这样的例,在小说中,在实际上,均多得很。因为其变衰是延长为十年二十年而一步一步地"渐渐"地达到的,在本人不感到什么强烈的刺激。故虽到了饥寒病苦刑笞交迫的地步,仍是熙熙然贪恋着目前的生的欢喜。假如一位千金之子忽然变了乞丐或偷儿,这人一定愤不欲生了。

这真是大自然的神秘的原则,造物主的微妙的功夫!阴阳潜移,春秋代序,以及物类的衰荣生杀,无不暗合于这法则。由萌芽的春"渐渐"变成绿阴的夏;由凋零的秋"渐渐"变成枯寂的冬。我们虽已经历数十寒暑,但在围炉拥衾的冬夜仍是难于想象饮冰挥扇的夏日的心情；反之亦然。然而由冬一天一天地、一时一时地、一分一分地、一秒一秒地移向夏，由夏一天一天地、一时一时地、一分一分地、一秒一秒地移向冬，其间实在没有显著的痕迹可寻。昼夜也是如此：傍晚坐在窗下看书，书页上"渐渐"地黑起来，倘不断地看下去（目力能因了光的渐弱而渐渐加强），几乎永远可以认识书页上的字迹，即不觉昼之已变为夜。黎明凭窗，不瞬目地注视东天，也不辨自夜向昼的推移的痕迹。女儿渐渐长大起来，在朝夕相见的父母全不觉得，难得见面的远亲就相见不相识了。往年除夕，我们曾在红蜡烛底下守候水仙花的开放，真是痴态！倘水仙花果真当面开放给我们看，便是自然的原则的破坏，宇宙的根本的摇动，世界人类的末日临到了！

"渐"的作用，就是用每步相差极微极缓的方法来隐蔽时间的过去与事物的变迁的痕迹，使人误认其为恒久不变。这真是造物主骗人的一大诡计！这有一件比喻的故事：某农夫每天朝晨抱了犊而跳过一沟，到田里去工作，夕暮又抱了它跳过沟回家。每日如此，未尝间断。过了一年，犊已渐大，渐重，差不多变成大牛，但农夫全不觉得，仍是抱了它跳沟。有一天他因事停止工作，次日再就不能抱了这牛而跳

第一辑 四时之美
——孩子的天性本与自然相近

沟了。造物的骗人,使人留连于其每日每时的生的欢喜而不觉其变迁与辛苦,就是用这个方法的。人们每日在抱了日重一日的牛而跳沟,不准停止。自己误以为是不变的,其实每日在增加其苦劳!

我觉得时辰钟是人生的最好的象征了。时辰钟的针,平常一看总觉得是"不动"的;其实人造物中最常动的无过于时辰钟的针了。日常生活中的人生也如此,刻刻觉得我是我,似乎这"我"永远不变,实则与时辰钟的针一样的无常!一息尚存,总觉得我仍是我,我没有变,还是留连着我的生,可怜受尽"渐"的欺骗!

"渐"的本质是"时间"。时间我觉得比空间更为不可思议,犹之时间艺术的音乐比空间艺术的绘画更为神秘。因为空间姑且不追究它如何广大或无限,我们总可以把握其一端,认定其一点。时间则全然无从把握,不可挽留,只有过去与未来在渺茫之中不绝地相追逐而已。性质上既已渺茫不可思议,分量上在人生也似乎太多。因为一般人对于时间的悟性,似乎只够支配搭船乘车的短时间;对于百年的长期间的寿命,他们不能胜任,往往迷于局部而不能顾及全体。试看乘火车的旅客中,常有明达的人,有的宁牺牲暂时的安乐

万物可爱
丰子恺写给孩子的散文

而让其座位于老弱者，以求心的太平（或博暂时的美誉）；有的见众人争先下车，而退在后面，或高呼"勿要轧，总有得下去的！""大家都要下去的！"然而在乘"社会"或"世界"的大火车的"人生"的长期的旅客中，就少有这样的明达之人。所以我觉得百年的寿命，定得太长。像现在的世界上的人，倘定他们搭船乘车的期间的寿命，也许在人类社会上可减少许多凶险残惨的争斗，而与火车中一样的谦让，和平，也未可知。

然人类中也有几个能胜任百年的或千古的寿命的人。那是"大人格""大人生"。他们能不为"渐"所迷，不为造物所欺，而收缩无限的时间并空间于方寸的心中。故佛家能纳须弥于芥子。中国古诗人（白居易）说："蜗牛角上争何事？石火光中寄此身。"英国诗人（Blake）也说："一粒沙里见世界，一朵花里见天国；手掌里盛住无限，一刹那便是永劫。"

一九二五年作[①]

[①]此篇文章应为一九二八年作。——编者注

春

春是多么可爱的一个名词！自古以来的人都赞美它，希望它长在人间。诗人，特别是词客，对春爱慕尤深。试翻词选，差不多每一页上都可以找到一个春字。后人听惯了这种话，自然地随喜附和，即使实际上没有理解春的可爱的人，一说起春也会觉得欢喜。这一半是春这个字的音容所暗示的。"春！"你听，这个音读起来何等铿锵而惺忪可爱！这个字的形状何等齐整妥帖而具足对称的美！这么美的名字所隶属的时节，想起来一定很可爱。好比听见名叫"丽华"的女子，想来一定是个美人。

然而实际上春不是那么可喜的一个时节。我积三十六年之经验，深知暮春以前的春天，生活上是很不愉快的。

梅花带雪开了，说道是漏泄春的消息。但这完全是精神上的春，实际上雨雪霏霏，北风烈烈，与严冬何异？所谓迎春的人，也只是瑟缩地躲在房栊内，战栗地站在屋檐下，望望枯枝一般的梅花罢了！

再迟个把月罢，就像现在：惊蛰已过，所谓春将半了。住在都会里的朋友想象此刻的乡村，足有画图一般美丽，连忙写信来催我写春的随笔。好像因为我偎傍着春，惹他们妒忌似的。其实我们住在乡村间的人，并没有感到快乐，却生受了种种的不舒服：寒暑表激烈地升降于三十六度至六十二度之间①。一日之内，乍暖乍寒。暖起来可以想起都会里的冰激凌，寒起来几乎可见天然冰，饱尝了所谓"料峭"的滋味。天气又忽晴忽雨，偶一出门，干燥的鞋子往往拖泥带水归来。"一春能有几番晴"是真的；"小楼一夜听春雨"其实没有什么好听，单调得很，远不及你们都会里的无线电的花样繁多呢。春将半了，但它并没有给我们一点舒服，只教我们天天愁寒，愁暖，愁风，愁雨。正是"三分春色二分愁，更一分风雨！"

---

①此处为华氏温度。——编者注

第一辑 四时之美
——孩子的天性本与自然相近

春的景象,只有乍寒、乍暖、忽晴、忽雨是实际而明确的。此外虽有春的美景,但都隐约模糊,要仔细探寻,才可依稀仿佛地见到,这就是所谓"寻春"吧?有的说"春在卖花声里",有的说"春在梨花",又有的说"红杏枝头春意闹",但这种景象在我们这枯寂的乡村里都不易见到。即使见到了,肉眼也不易认识。总之,春所带来的美,少而隐;春所带来的不快,多而确。诗人词客似乎也承认这一点,春寒、春困、春愁、春怨,不是诗词中的常谈吗?不但现在如此,就是再过个把月,到了清明时节,也不见得一定春光明媚,令人极乐。倘又是落雨,路上的行人将要"断魂"呢。

可知春徒有其名,在实际生活上是很不愉快的。实际,一年中最愉快的时节,是从暮春开始的。就气候上说,暮春以前虽然大体逐渐由寒向暖,但变化多端,始终是乍寒,乍暖,最难将息的时候。到了暮春,方才冬天的影响完全消灭,而一路向暖。寒暑表上的水银爬到temperate①上,正是气候最temperate的时节。就景色上说,春色不须寻找,有广大的绿野青山,慰人心目。古人词云:"杜宇一声春去,树头无数青山。"原来山要到春去的时候方才全青,而惹人注

---

① temperate:温暖。——编者注

目。我觉得自然景色中，青草与白雪是最伟大的现象。造物者描写"自然"这幅大画图时，对于春红、秋艳，都只是略蘸些胭脂、朱磦，轻描淡写。到了描写白雪与青草，他就毫不吝惜颜料，用刷子蘸了铅粉、藤黄和花青而大块地涂抹，使屋屋皆白，山山皆青。这仿佛是米派山水的点染法，又好像是Cézanne①风景画的"色的块"，何等泼辣的画风！而草色青青，连天遍野，尤为和平可亲，大公无私的春色。花木有时被关闭在私人的庭园里，吃了园丁的私刑而献媚于绅士淑女之前。草则到处自生自长，不择贵贱高下。人都以为花是春的作品，其实春工不在花枝，而在于草。看花的能有几人？草则广泛地生长在大地的表面，普遍地受大众的欣赏。这种美景，是早春所见不到的。那时候山野中枯草遍地，满目憔悴之色，看了令人不快。必须到了暮春，枯草尽去，才有真的青山绿野的出现，而天地为之一新。一年好景，无过于此时。自然对人的恩宠，也以此时为最深厚了。

讲求实利的西洋人，向来重视这季节，称之为May（五月）。May是一年中最愉快的时节，人间有种种的娱乐，即所谓May-queen（五月美人）、May-pole（五月彩柱）、

---

①Cézanne：保罗·塞尚（1839—1906），法国画家。——编者注

May-games（五月游艺）等。May这一个字，原是"青春""盛年"的意思。可知西洋人视一年中的五月，犹如人生中的青年，为最快乐、最幸福、最精彩的时期。这确是名副其实的。但东洋人的看法就与他们不同：东洋人称这时期为暮春，正是留春、送春、惜春、伤春，而感慨、悲叹、流泪的时候，全然说不到乐。东洋人之乐，乃在"绿柳才黄半未匀"的新春，便是那忽晴、忽雨、乍暖、乍寒，最难将息的时候。这时候实际生活上虽然并不舒服，但默察花柳的萌动，静观天地的回春，在精神上是最愉快的。故西洋的May相当于东洋的春。这两个字读起来声音都很好听，看起来样子都很美丽。不过May是物质的、实利的，而春是精神的、艺术的。东西洋文化的判别，在这里也可窥见。

一九三四年三月十二日夜十时

大账簿

我幼年时,有一次坐了船到乡间去扫墓。正靠在船窗口出神观看船脚边层出不穷的波浪的时候,手中拿着的不倒翁失足翻落河中。我眼看它跃入波浪中,向船尾方向滚腾而去,一刹那间形影俱杳,全部交付与不可知的渺茫的世界了。我看看自己的空手,又看看窗下的层出不穷的波浪,不倒翁失足的伤心地,再向船后面的茫茫白水怅望了一会,心中黯然地起了疑惑与悲哀。我疑惑不倒翁此去的下落与结果究竟如何,又悲哀这永远不可知的命运。它也许随了波浪流去,搁住在岸滩上,落入于某村童的手中;也许被鱼网打去,从此做了渔船上的不倒翁;又或永远沉沦在幽暗的河底,岁久化为泥土,世间从此不再见这个不倒翁。我晓得这不倒翁现在一定有个下落,将来也一定有个结果,然而谁能

第一辑 四时之美
——孩子的天性本与自然相近

去调查呢？谁能知道这不可知的命运呢？这种疑惑与悲哀隐约地在我心头推移。终于我想：父亲或者知道这究竟，能解除我这种疑惑与悲哀。不然，将来我年纪长大起来，总有一天能知道这究竟，能解除这疑惑与悲哀。

后来我的年纪果然长大起来。然而这种疑惑与悲哀，非但依旧不能解除，反而随了年纪的长大而增多增深了。我偕了小学校里的同学赴郊外散步，偶然折取一根树枝，当手杖用了一会，后来抛弃在田间的时候，总要对它回顾好几次，心中自问自答："我不知几时得再见它？它此后的结果不知究竟如何？我永远不得再见它了！它的后事永远不可知了！"倘是独自散步，遇到这种事的时候我更要依依不舍地留连一回。有时已经走了几步，又回转身去，把所抛弃的东西重新拾起来，郑重地道个诀别，然后硬着头皮抛弃它，再向前走。过后我也曾自笑这痴态，而且明明晓得这些是人生中惜不胜惜的琐事；然而那种悲哀与疑惑确实地充塞在我的心头，使我不得不然！

在热闹的地方，忙碌的时候，我这种疑惑与悲哀也会被压抑在心的底层，而安然地支配取舍各种事物，不复作如前的痴态。间或在动作中偶然浮起一点疑惑与悲哀来；然而大众的感化与现实的压迫的力非常伟大,立刻把它压制下去,它只在我的心头一闪而已。一到静僻的地方,孤独的时候,最是夜间,它们又全部浮出在我的心头了。灯下,我推开算术演草簿,提起笔来在一张废纸上信手涂写日间所谙诵的诗句:"春蚕到死丝方尽,蜡炬成灰……"没有写完,就拿向灯火上,烧着了纸的一角。我眼看见火势孜孜地蔓延过来,心中又忙着和各个字道别。完全变成了灰烬之后,我眼前忽然分明现出那张字纸的完全的原形;俯视地上的灰烬,又感到了暗淡的悲哀:假定现在我要再见一见一分钟以前分明存在的那张字纸,无论托绅董、县官、省长、大总统,仗世界一切皇帝的势力,或尧舜、孔子、苏格拉底、基督等一切古代圣哲复生,大家协力帮我设法,也是绝对不可能的事了!——但这种奢望我决计没有。我只是看看那堆灰烬,想在没有区别的微尘中认识各个字的死骸,找出哪一点是春字的灰,哪一点是蚕字的灰……又想象它明天朝晨被此地的仆人扫除出去,不知结果如何:倘然散入风中,不知它将分飞何处?春字的灰飞入谁家,蚕字的灰飞入谁家?……倘然混入泥土中,不知它将滋养哪几株植物?……都是渺茫不可知的千古的大疑问了。

吃饭的时候,一颗饭粒从碗中翻落在我的衣襟上。我

第一辑　四时之美
——孩子的天性本与自然相近

顾视这颗饭粒，不想则已，一想又惹起一大篇的疑惑与悲哀来：不知哪一天哪一个农夫在哪一处田里种下一批稻，就中有一株稻穗上结着煮成这颗饭粒的谷。这粒谷又不知经过了谁的刈、谁的磨、谁的舂、谁的粜，而到了我们的家里，现在煮成饭粒，而落在我的衣襟上。这种疑问都可以有确实的答案；然而除了这颗饭粒自己晓得以外，世间没有一个人能调查，回答。

袋里摸出来一把铜板，分明个个有复杂而悠长的历史。钞票与银洋经过人手，有时还被打一个印；但铜板的经历完全没有痕迹可寻。它们之中，有的曾为街头的乞丐的哀愿的目的物，有的曾为劳动者的血汗的代价，有的曾经换得一碗粥，救济一个饿夫的饥肠，有的曾经变成一粒糖，塞住一个小孩的啼哭，有的曾经参与在盗贼的赃物中，有的曾经安眠在富翁的大腹边，有的曾经安闲地隐居在毛厕的底里，有的曾经忙碌地兼备上述的一切的经历。且就中又有的恐怕不是初次到我的袋中，也未可知。这些铜板倘会说话，我一定要尊它们为上客，恭听它们历述其漫游的故事。倘然它们会纪录，一定每个铜板可著一册比《鲁滨逊漂流记》更奇离的奇书。但它们都像死也不肯招供的犯人，其心中分明秘藏着案件的是非曲直的实情，然而死也不肯泄漏它们的秘密。

现在我已行年三十，做了半世的人。那种疑惑与悲哀在我胸中，分量日渐增多，但刺激日渐淡薄，远不及少年时代以前的新鲜而浓烈了。这是我用功的结果。因为我参考大众的态度，看他们似乎全然不想起这类的事，饭吃在肚里，钱进入袋里，就天下太平，梦也不做一个。这在生活上的确大有实益，我就拼命以大众为师，学习他们的幸福。学到现在三十岁，还没有毕业。所学得的，只是那种疑惑与悲哀的刺激淡薄了一点，然其分量仍是跟了我的经历而日渐增多。我每逢辞去一个旅馆，无论其房间何等坏，臭虫何等多，临去的时候总要低徊一下子，想起"我有否再住这房间的一日？"又慨叹"这是永远的诀别了"！每逢下火车，无论这旅行何等劳苦，邻座的人何等可厌，临走的时候总要发生一种特殊的感想："我有否再和这人同座的一日？恐怕是对他永诀了！"但这等感想的出现非常短促而又模糊，像飞鸟的黑影在池上掠过一般，真不过数秒间在我心头一闪，过后就全无其事。我究竟已有了学习的功夫了。然而这也全靠在老师——大众——面前，方始可能。一旦不见了老师，而离群索居的时候，我的故态依然复萌。现在正是其时：春风从窗中送进一片白桃花的花瓣来，落在我的原稿纸上。这分明是从我家的院子里的白桃花树上吹下来的，然而有谁知道它本来生在哪一枝头的哪一朵花上呢？窗前地上白雪一般的无数的花瓣，分明各有其故枝与故萼，谁能一一调查其出处，使它们重归其故萼呢？疑惑与悲哀又来袭击我的心了。

总之，我从幼时直到现在，那种疑惑与悲哀不绝地袭击我的心，始终不能解除。我的年纪越大，知识越富，它的袭击的力也越大。大众的榜样的压迫越严，它的反动也越强。倘一一记述我三十年来所经验的此种疑惑与悲哀的事例，其卷帙一定可同《四库全书》《大藏经》争多。然而也只限于我一个人在三十年的短时间中的经验；较之宇宙之大，世界之广，物类之繁，事变之多，我所经验的真不啻恒河中的一粒细沙。

我仿佛看见一册极大的大账簿，簿中详细记载着宇宙间世界上一切物类事变的过去、现在、未来三世的因因果果。自原子之细以至天体之巨，自微生虫的行动以至混沌的大劫，无不详细记载其来由、经过与结果，没有万一的遗漏。于是我从来的疑惑与悲哀，都可解除了。不倒翁的下落，手杖的结果，灰烬的去处，一一都有记录；饭粒与铜板的来历，一一都可查究；旅馆与火车对我的因缘，早已注定在项下；片片白桃花瓣的故萼，都确凿可考。连我所屡次叹为永不可知的、院子里的沙堆的沙粒的数目，也确实地记载着，下面又注明哪几粒沙是我昨天曾经用手掬起来看过的。倘要从沙堆中选出我昨天曾经掬起来看过的沙,也不难按这账簿而探索。——凡我在三十年中所见、所闻、所为的一切事物,都有极详细的记载与考证;其所占的地位只有书页的一角,全书的无穷大分之一。

我确信宇宙间一定有这册大账簿。于是我的疑惑与悲哀全部解除了。

一九二七年作[①]

[①]此篇文章应为一九二九年作。——编者注

两个"？"

我从幼小时候就隐约地看见两个"？"。但我到了三十岁上方才明确地看见它们。现在我把看见的情况写些出来。

第一个"？"叫做"空间"。我孩提时跟着我的父母住在故乡石门湾的一间老屋里，以为老屋是一个独立的天地，老屋的壁的外面是什么东西，我全不想起。有一天，邻家的孩子从壁缝间塞进一根鸡毛来，我吓了一跳；同时，悟到了屋的构造，知道屋的外面还有屋，空间的观念渐渐明白了。我稍长，店里的伙计抱了我步行到离家二十里的石门城里的姑母家去，我在路上看见屋宇毗连，想象这些屋与屋之间都有壁，壁间都可塞过鸡毛。经过了很长的桑地和田野之后，进城来又是毗连的屋宇，地方似乎是没有穷尽的。从前

万物可爱
丰子恺写给孩子的散文

我把老屋的壁当作天地的尽头，现在知道不然。我指着城外问大人们："再过去还有地方吗？"大人们回答我说："有嘉兴、苏州、上海；有高山，有大海，还有外国。你大起来都可去玩。"一个粗大的"？"隐约地出现在我的眼前。回家以后，早晨醒来，躺在床上驰想：床的里面是帐，除去了帐是壁，除去了壁是邻家的屋，除去了邻家的屋又是屋，除完了屋是空地，空地完了又是城市的屋，或者是山是海，除去了山，渡过了海，一定还有地方……空间到什么地方为止呢？我把这疑问质问大姐。大姐回答我说："到天边上为止。"她说天像一只极大的碗覆在地面上。天边上是地的尽头，这话我当时还听得懂；但天边的外面又是什么地方呢？大姐说："不可知了。"很大的"？"又出现在我的眼前，但须臾就隐去。我且吃我的糖果，玩我的游戏吧。

我进了小学校，先生教给我地球的知识。从前的疑问到这时候豁地解决了。原来地是一个球。那么，我躺在床上一直向里床方面驰想过去，结果是绕了地球一匝而仍旧回到我的床前。这是何等新奇而痛快的解决！我回家来欣然地把这新闻告诉大姐。大姐说："球的外面是什么呢？"我说："是空。""空到什么地方为止呢？"我茫然了。我再到学校去问先生，先生说："不可知了。"很大的"？"又出现在我的眼

第一辑　四时之美
——孩子的天性本与自然相近

前，但也不久就隐去。我且读我的英文，做我的算术吧。

我进师范学校，先生教我天文。我怀着热烈的兴味而听讲，希望对于小学时代的疑问，再得一个新奇而痛快的解决。但终于失望。先生说："天文书上所说的只是人力所能发现的星球。"又说："宇宙是无穷大的。"无穷大的状态，我不能想象。我仍是常常驰想，这回我不再躲在床上向横方驰想，而是仰首向天上驰想；向这苍苍者中一直上去，有没有止境？有的么，其处的状态如何？没有的么，使我不能想象。我眼前的"？"比前愈加粗大，愈加迫近，夜深人静的时候，我屡屡为了它而失眠。我心中愤慨地想：我身所处的空间的状态都不明白，我不能安心做人！世人对于这个切身而重大的问题，为什么都不说起？以后我遇见人，就向他们提出这疑问。他们或者说不可知，或一笑置之，而谈别的世事了。我愤慨地反抗："朋友，这个问题比你所谈的世事重大得多，切身得多！你为什么不理？"听到这话的人都笑了。他们的笑声中似乎在说："你有神经病了。"我不好再问，只得让那粗大的"？"照旧挂在我的眼前。

第二个"？"叫做"时间"。我孩提时关于时间只有昼夜的观念。月、季、年、世等观念是没有的。我只知道天一明一暗，人一起一睡，叫做一天。我的生活全部沉浸在"时间"的急流中，跟了它流下去，没有抬起头来望望这急流的前后的光景的能力。有一次新年里，大人们问我几岁，我说六岁。母亲教我："你还说六岁？今年你是七岁了，已经过了年了。"我记得这样的事以前似曾有过一次。母亲教我说六岁时也是这样教的。但相隔久远，记忆模糊不清了。我方才知道这样时间的间隔叫做一年，人活过一年增加一岁。那时我正在父亲的私塾里读完《千字文》，有一晚，我到我们的染坊店里去玩，看见账桌上放着一册账簿，簿面上写着"菜字元集"这四字。我问管账先生，这是什么意思？他回答我说："这是用你所读的《千字文》上的字来记年代的。这店是你们祖父手里开张的。开张的那一年所用的第一册账簿，叫做'天字元集'，第二年的叫做'地字元集'，天地玄黄，宇宙洪荒……每年用一个字。用到今年正是'菜重芥姜'的'菜'字。"因为这事与我所读的书有关连，我听了很有兴味。他笑着摸摸他的白胡须，继续说道："明年'重'字，后来'芥'字，我们一直开下去，开到'焉哉乎也'的'也'字，大家发财！"我口快地接着说："那时你已经死了！我也死了！"他用手掩住我的口道："话勿得！话勿得！大家长生不老！大家发财！"我被他弄得莫名其妙，不敢再说下去了。但从这时候起，我不复全身沉浸在

第一辑 四时之美
——孩子的天性本与自然相近

"时间"的急流中跟它漂流。我开始在这急流中抬起头来,回顾后面,眺望前面,想看看"时间"这东西的状态。我想,我们这店即使依照《千字文》开了一千年,但"天"字以前和"也"字以后,一定还有年代。那么,时间从何时开始,何时了结呢?又是一个粗大的"?"隐约地出现在我的眼前。我问父亲:"祖父的父亲是谁?"父亲道:"曾祖。""曾祖的父亲是谁?""高祖。""高祖的父亲是谁?"父亲看见我有些像孟尝君,笑着抚我的头,说:"你要知道他做什么?人都有父亲,不过年代太远的祖宗,我们不能一一知道他的人了。"我不敢再问,但在心中思维"人都有父亲"这句话,觉得与空间的"无穷大"同样不可想象。很大的"?"又出现在我的眼前。

我入小学校,历史先生教我盘古氏开天辟地的事。我心中想:天地没有开辟的时候状态如何?盘古氏的父亲是谁?他的父亲的父亲的父亲……又是谁?同学中没有一个提出这样的疑问,我也不敢质问先生。我入师范学校,才知道盘古氏开天辟地是一种靠不住的神话。又知道西洋有达尔文的"进化论",人类的远祖就是做戏法的人所畜的猴子。而且猴子还有它的远祖。从我们向过去逐步追溯上去,可一直追溯到生物的起源,地球的诞生,太阳的诞生,宇宙的诞生。

再从我们向未来推想下去，可一直推想到人类的末日，生物的绝种，地球的毁坏，太阳的冷却，宇宙的寂灭。但宇宙诞生以前，和寂灭以后，"时间"这东西难道没有了吗？"没有时间"的状态，比"无穷大"的状态愈加使我不能想象。而时间的性状实比空间的性状愈加难于认识。我在自己的呼吸中窥探时间的流动痕迹，一个个的呼吸鱼贯地翻进"过去"的深渊中，无论如何不可挽留。我害怕起来，屏住了呼吸，但自鸣钟仍在"的格，的格"地告诉我时间的经过。一个个的"的格"鱼贯地翻进过去的深渊中，仍是无论如何不可挽留的。时间究竟怎样开始？将怎样告终？我眼前的"？"比前愈加粗大，愈加迫近了。夜深人静的时候，我屡屡为它失眠。我心中愤慨地想：我的生命是跟了时间走的。"时间"的状态都不明白，我不能安心做人！世人对于这个切身而重大的问题，为什么都不说起？以后我遇见人，就向他们提出这个问题。他们或者说不可知，或者一笑置之，而谈别的世事了。我愤慨地反抗："朋友！我这个问题比你所谈的世事重大得多，切身得多！你为什么不理？"听到这话的人都笑了。他们的笑声中似乎在说："你有神经病了！"我不再问，只能让那粗大的"？"照旧挂在我的眼前。

一九三三年二月廿四日

第二辑 生灵万物
——孩子最能见到事物的本相

人间的事,只要生机不灭,即使重遭天灾人祸,暂被阻抑,终有抬头的日子。

白鹅①

抗战胜利后八个月零十天,我卖脱了三年前在重庆沙坪坝庙湾地方自建的小屋,迁居城中去等候归舟。

除了托庇三年的情感以外,我对这小屋实在毫无留恋。因为这屋太简陋了,这环境太荒凉了;我去屋如弃敝屣。倒是屋里养的一只白鹅,使我恋恋不忘。

这白鹅,是一位将要远行的朋友送给我的。这朋友住在北碚,特地从北碚把这鹅带到重庆来送我。我亲自抱了这

---

① 本篇原名为《沙坪小屋的鹅》,1957年改名为《白鹅》。——编者注。

雪白的大鸟回家,放在院子内。它伸长了头颈,左顾右盼。我一看这姿态,想道:"好一个高傲的动物!"凡动物,头是最主要部分。这部分的形状,最能表明动物的性格。例如狮子、老虎,头都是大的,表示其力强。麒麟、骆驼,头都是高的,表示其高超。狼、狐、狗等,头都是尖的,表示其刁奸猥鄙。猪猡、乌龟等,头都是缩的,表示其冥顽愚蠢。鹅的头在比例上比骆驼更高,与麒麟相似,正是高超的性格的表示。而在它的叫声、步态、吃相中,更表示出一种傲慢之气。

  鹅的叫声,与鸭的叫声大体相似,都是"轧轧"然的。但音调上大不相同。鸭的"轧轧",其音调琐碎而愉快,有小心翼翼的意味;鹅的"轧轧",其音调严肃郑重,有似厉声呵斥。它的旧主人告诉我:养鹅等于养狗,它也能看守门户。后来我看到果然:凡有生客进来,鹅必然厉声叫嚣;甚至篱笆外有人走路,也要它引吭大叫,其叫声的严厉,不亚于狗的狂吠。狗的狂吠,是专对生客或宵小用的;见了主人,狗会摇头摆尾,呜呜地乞怜。鹅则对无论何人,都是厉声呵斥;要求饲食时的叫声,也好像大爷嫌饭迟而怒骂小使一样。

第二辑　生灵万物
——孩子最能见到事物的本相

鹅的步态，更是傲慢了。这在大体上也与鸭相似。但鸭的步调急速，有局促不安之相。鹅的步调从容，大模大样的，颇像评剧里的净角出场。这正是它的傲慢的性格的表现。我们走近鸡或鸭，这鸡或鸭一定让步逃走。这是表示对人惧怕。所以我们要捉住鸡或鸭，颇不容易。那鹅就不然：它傲然地站着，看见人走来简直不让；有时非但不让，竟伸过颈子来咬你一口。这表示它不怕人，看不起人。但这傲慢终归是狂妄的。我们一伸手，就可一把抓住它的项颈，而任意处置它。家畜之中，最傲人的无过于鹅，同时最容易捉住的也无过于鹅。

鹅的吃饭，常常使我们发笑。我们的鹅是吃冷饭的，一日三餐。它需要三样东西下饭：一样是水，一样是泥，一样是草。先吃一口冷饭，次吃一口水，然后再到某地方去吃一口泥及草。大约这些泥和草也有各种滋味，它是依着它的胃口而选定的。这食料并不奢侈；但它的吃法，三眼一板，丝毫不苟。譬如吃了一口饭，倘水盆偶然放在远处，它一定从容不迫地踏大步走上前去，饮水一口，再踏大步走到一定的地方去吃泥，吃草。吃过泥和草再回来吃饭。这样从容不迫地吃饭，必须有一个人在旁侍候，像饭馆里的堂倌一样。因为附近的狗，都知道我们这位鹅老爷的脾气，每逢它吃饭的时候，狗就躲在篱边窥伺。等它吃过一口饭，踏着方步去吃水、吃泥、吃草的当儿，狗就敏捷地跑上来，努力地吃它的饭。没有吃完，鹅老爷偶然早归，伸颈去咬狗，并且厉声叫骂，狗立刻逃往篱边，蹲着静候；看它再吃了一口饭，再走开去吃水、吃草、吃泥的时候，狗又敏捷地跑上来，这回就把它的饭吃完，扬长而去了。等到鹅再来吃饭的时候，饭罐已经空空如也。鹅便昂首大叫，似乎责备人们供养不周。这时我们便替它添饭，并且站着侍候。因为邻近狗很多，一狗方去，一狗又来蹲着窥伺了。邻近的鸡也很多，也常蹑手蹑脚地来偷鹅的饭吃。我们不胜其烦，以后便将饭罐和水盆放在一起，免得它走远去，让鸡、狗偷饭吃。然而它所必须的盛馔泥和草，所在的地点远近无定。为了找这盛馔，它仍是要走远去的。因此鹅的吃饭，非有一人侍候不可。真是架子十足的！

鹅，不拘它如何高傲，我们始终要养它，直到房子卖脱为止。因为它对我们，物质上和精神上都有贡献，使主母和主人都欢喜它。物质上的贡献，是生蛋。它每天或隔天生一个蛋，篱边特设一堆稻草，鹅蹲伏在稻草中了，便是要生蛋了。家里的小孩子更兴奋，站在它旁边等候。它分娩毕，就起身，大踏步走进屋里去，大声叫开饭。这时候孩子们把

第二辑　生灵万物
——孩子最能见到事物的本相

蛋热热地捡起，藏在背后拿进屋子来，说是怕鹅看见了要生气。鹅蛋真是大，有鸡蛋的四倍呢！主母的蛋篓子内积得多了，就拿来制盐蛋，炖一个盐鹅蛋，一家人吃不了的！工友上街买菜回来说："今天菜市上有卖鹅蛋的，要四百元一个，我们的鹅每天挣四百元，一个月挣一万二，比我们做工的还好呢。哈哈，哈哈。"大家陪他"哈哈哈哈"。望望那鹅，它正吃饱了饭，昂胸凸肚地，在院子里踱方步，看野景，似乎更加神气活现了。但我觉得，比吃鹅蛋更好的，还是它的精神的贡献。因为我们这屋实在太简陋，环境实在太荒凉，生活实在太岑寂了。赖有这一只白鹅，点缀庭院，增加生气，慰我寂寞。

且说我这屋子，真是简陋极了：篱笆之内，地皮二十方丈，屋所占的只六方丈，其余算是庭院。这六方丈上，建着三间"抗建式"平屋，每间前后划分为二室，共得六室，每室平均一方丈。中央一间，前室特别大些，约有一方丈半弱，算是食堂兼客堂；后室就只有半方丈强，比公共汽车还小，作为家人的卧室。西边一间，平均划分为二，算是厨房及工友室。东边一间，也平均划分为二，后室也是家人的卧室，前室便是我的书房兼卧房。三年以来，我坐卧写作，都在这一方丈内。归熙甫《项脊轩记》中说："室仅方丈，可容一人居。"又说:"雨泽下注,每移案,顾视无可置者。"我只有想起这些话的时候,感觉得自己满足。我的屋虽不上漏,可是墙是竹制的,单薄得很。夏天九点钟以后,东墙上炙手可热,室内好比开放了热水汀。这时候反教人希望警报,可到六七丈深的地下室去凉快一下呢。

竹篱之内的院子,薄薄的泥层下面尽是岩石,只能种些番茄、蚕豆、芭蕉之类,却不能种树木。竹篱之外,坡岩起伏,尽是荒郊。因此这小屋赤裸裸的,孤零零的,毫无依蔽;远远望来,正像一个亭子。我长年坐守其中,就好比一个亭长。这地点离街约有里许,小径迂回,不易寻找,来客极稀。杜诗"幽栖地僻经过少"一句,这室可以受之无愧。风雨之日,泥泞载途,狗也懒得走过,环境荒凉更甚。这些日子的岑寂的滋味,至今回想还觉得可怕。

自从这小屋落成之后,我就辞绝了教职,恢复了战前的闲居生活。我对外间绝少往来,每日只是读书作画,饮酒闲谈而已。我的时间全部是我自己的。这是我的性格的要求,这在我是认为幸福的。然而这幸福必需两个条件:在太平时,在都会里。如今在抗战期,在荒村里,这幸福就伴着一种苦闷——岑寂。为避免这苦闷,我便在读书、作画之余,

第二辑　生灵万物
——孩子最能见到事物的本相

在院子里种豆，种菜，养鸽，养鹅。而鹅给我的印象最深。因为它有那么庞大的身体，那么雪白的颜色，那么雄壮的叫声，那么轩昂的态度，那么高傲的脾气，和那么可笑的行为。在这荒凉岑寂的环境中，这鹅竟成了一个焦点。凄风苦雨之日，手酸意倦之时，推窗一望，死气沉沉；惟有这伟大的雪白的东西，高擎着琥珀色的喙，在雨中昂然独步，好像一个武装的守卫，使得这小屋有了保障，这院子有了主宰，这环境有了生气。

我的小屋易主的前几天，我把这鹅送给住在小龙坎的朋友人家。送出之后的几天内，颇有异样的感觉。这感觉与诀别一个人的时候所发生的感觉完全相同，不过分量较为轻微而已。原来一切众生，本是同根，凡属血气，皆有共感。所以这禽鸟比这房屋更是牵惹人情，更能使人留恋。现在我写这篇短文，就好比为一个永诀的朋友立传，写照。

这鹅的旧主人姓夏名宗禹，现在与我邻居着。

一九四六年夏于重庆

阿咪

阿咪者,小白猫也。十五年前我曾为大白猫"白象"写文。白象死后又曾养一黄猫,并未为它写文。最近来了这阿咪,似觉非写不可了。盖在黄猫时代我早有所感,想再度替猫写照。但念此种文章,无益于世道人心,不写也罢。黄猫短命而死之后,写文之念遂消。直至最近,友人送了我这阿咪,此念复萌,不可遏止。率尔命笔,也顾不得世道人心了。

阿咪之父是中国猫,之母是外国猫。故阿咪毛甚长,有似兔子。想是秉承母教之故,态度异常活泼,除睡觉外,竟无片刻静止。地上倘有一物,便是它的游戏伴侣,百玩不厌。人倘理睬它一下,它就用姿态动作代替言语,和你大打

吾徒胡为纵此乐
暴殄天物圣所哀

小松植平原他日自参天

第二辑　生灵万物
——孩子最能见到事物的本相

交道。此时你即使有要事在身,也只得暂时撇开,与它应酬一下;即使有懊恼在心,也自会忘怀一切,笑逐颜开。哭的孩子看见了阿咪,会破涕为笑呢。

我家平日只有四个大人和半个小孩。半个小孩者,便是我女儿的干女儿,住在隔壁,每星期三天宿在家里,四天宿在这里,但白天总是上学。因此,我家白昼往往岑寂,写作的埋头写作,做家务的专心家务,肃静无声,有时竟像修道院。自从来了阿咪,家中忽然热闹了。厨房里常有保姆的话声或骂声,其对象便是阿咪。室中常有陌生的笑谈声,是送信人或邮递员在欣赏阿咪。来客之中,送信人及邮递员最是枯燥,往往交了信件就走,绝少开口谈话。自从家里有了阿咪,这些客人亲昵得多了。常常因猫而问长问短,有说有笑,送出了信件还是流连不忍遽去。

访客之中,有的也很枯燥无味。他们是为公事或私事或礼貌而来的,谈话有的规矩严肃,有的啰苏疙瘩,有的虚空无聊,谈完了天气之后只得默守冷场。然而自从来了阿咪,我们的谈话有了插曲,有了调节,主客都舒畅了。有一个为正经而来的客人,正在侃侃而谈之时,看见阿咪姗姗而来,注意力便被吸引,不能再谈下去,甚至我问他也不回答了。

又有一个客人向我叙述一件颇伤脑筋之事，谈话冗长曲折，连听者也很吃力。谈至中途，阿咪蹦跳而来，无端地仰卧在我面前了。这客人正在愤慨之际，忽然转怒为喜，停止发言，赞道："这猫很有趣！"便欣赏它，抚弄它，获得了片时的休息与调节。有一个客人带了个孩子来。我们谈话，孩子不感兴味，在旁枯坐。我家此时没有小主人可陪小客人，我正抱歉，忽然阿咪从沙发下钻出，抱住了我的脚。于是大小客人共同欣赏阿咪，三人就团结一气了。后来我应酬大客人，阿咪替我招待小客人，我这主人就放心了。原来小朋友最爱猫，和它厮伴半天，也不厌倦；甚至被它抓出了血也情愿。因为他们有一共通性：活泼好动。女孩子更喜欢猫，逗它玩它，抱它喂它，劳而不怨。因为她们也有个共通性：娇痴亲昵。

写到这里，我回想起已故的黄猫来了。这猫名叫"猫伯伯"。在我们故乡，伯伯不一定是尊称。我们称鬼为"鬼伯伯"，称贼为"贼伯伯"。故猫也不妨称为"猫伯伯"。大约对于特殊而引人注目的人物，都可讥讽地称之为伯伯。这猫的确是特殊而引人注目的。我的女儿最喜欢它。有时她正在写稿，忽然猫伯伯跳上书桌来，面对着她，端端正正地坐在稿纸上了。她不忍驱逐，就放下了笔，和它玩耍一会。有

第二辑　生灵万物
——孩子最能见到事物的本相

时它竟盘拢身体，就在稿纸上睡觉了，身体仿佛一堆牛粪，正好装满了一张稿纸。有一天，来了一位难得光临的贵客。我正襟危坐，专心应对。"久仰久仰""岂敢岂敢"，有似演剧。忽然猫伯伯跳上矮桌来，嗅嗅贵客的衣袖。我觉得太唐突，想赶走它。贵客却抚它的背，极口称赞："这猫真好！"话头转向了猫，紧张的演剧就变成了和乐的闲谈。后来我把猫伯伯抱开，放在地上，希望它去了，好让我们演完这一幕。岂知过得不久，忽然猫伯伯跳到沙发背后，迅速地爬上贵客的背脊，端端正正地坐在他的后颈上了！这贵客身体魁梧奇伟，背脊颇有些驼，坐着喝茶时，猫伯伯看来是个小山坡，爬上去很不吃力。此时我但见贵客的天官赐福的面孔上方，露出一个威风凛凛的猫头，画出来真好看呢！我以主人口气呵斥猫伯伯的无礼，一面起身捉猫。但贵客摇手阻止，把头低下，使山坡平坦些，让猫伯伯坐得舒服。如此甚好，我也何必做煞风景的主人呢？于是主客关系亲密起来，交情深入了一步。

可知猫是男女老幼一切人民大家喜爱的动物。猫的可爱，可说是群众意见。而实际上，如上所述，猫的确能化岑寂为热闹，变枯燥为生趣，转懊恼为欢笑；能助人亲善，教人团结。即使不捕老鼠，也有功于人生。那么我今为猫写照,恐是未可厚非之事吧?猫伯伯行年四岁,短命而死。这阿咪青春尚只三个月。希望它长寿健康,像我老家的老猫一样,活到十八岁。这老猫是我的父亲的爱物。父亲晚酌时,它总是端坐在酒壶边。父亲常常摘些豆腐干喂它。六十年前之事,今犹历历在目呢。

一九六二年仲夏于上海作

贪污的猫

我家养了五只猫。除了一只白猫是已故的老白猫"白象"所生以外,其余四只都是别人送我们的。就因为我在《自由谈》上写了那篇悼白象的文章,读者以为我喜欢猫,便你一只、我一只地送来。其实我并不喜欢真猫,不过在画中喜欢画猫而已;喜欢猫的,倒是我的女孩子们。因为她们喜欢,就来者不拒,只只收养。客人偶然来访,看见这许多猫围着炭火炉睡觉,洗脸,捉尾巴,厮打,互相舐面孔,都说"好玩!""有趣!"殊不知主人养这五只猫,麻烦透顶,讨气之极!客人们只在刹那间看到其光明的一面,而不知其平时的黑暗生活;好比只看见团体照相的冠冕堂皇,而不悉机关内容的腐败丑恶,自然交口赞誉。若知道了这群猫的生活的黑暗方面,包管你们没有一人肯收养的!原来它们讨气得很：贪嘴，偷食，而且把烂污撒在每人的床脚底下，竟是一群"贪污的猫"。

有一天，大司务买菜回来，把菜篮向厨房的桌上一放，去解一个溲。回来时篮内一条大鳜鱼不翼而飞了。东寻西找，遍觅不得。忽听见后面篱笆内有猫吼声，原来五只猫躲在那里分赃，分得不均，正在那里吵架！大司务把每只猫打一顿，以示惩戒；然而赃物已大半被吞，狼藉满地，收不回来了。

后来又有一天，因为市上猫鱼常常缺乏，大司务一次买了一万元猫鱼来囤积。好在天冷，还不致变坏。他受了上次的教训，把囤积的猫鱼放在菜橱的最高层。这天晚上，厨房里"砰澎括拉"，闹个不休。大司务以为猫在捉老鼠，预备明天对猫明令嘉奖。岂知第二天早上起来一看，橱门已经洞开，囤积在上层的猫鱼被吃得精光，还把鱼骨头零零落落地掉在下层的菜碗里。大司务照例又把五只猫各打一顿，并且饿它们一天，以示惩戒。自今以后，橱门上加了锁，每晚锁好，以防贪污。

猫在一晚上吃了一万元猫鱼，隔夜饱了，次日白天，不

第二辑 生灵万物
—— 孩子最能见到事物的本相

吃无妨。但到了晚快，隔夜吃的早已消化，肚子饿起来，就向大司务叫喊。大司务不但不喂，又给一顿打。诸猫无奈，就向食桌上转念头。这晚上正好有一尾大鱼。老妈子端齐了菜蔬碗，叫声大家吃饭，管自去了。偏偏这晚上大家事忙，各人躲在房间里，工作放不下手，迟了一二分钟出来。一看，桌上有一只空盆，盆底上略有些汤。我以为今晚大司务做了一样别致的菜了。再看，桌上一道淋漓点滴的汤，和几个猫脚印。这正是猫的贪污的证据了，我连忙告发。大家到处通缉，迄无着落。后来听得厢房内有猫叫声，连忙打开电灯一看，五只猫麇集在客人床里吃一条大鱼，鱼头、鱼尾、鱼汤，点缀在刚从三友实业社出三十万元买来的白床毯上！这回大加惩罚；主母打一顿，老妈子和大司务又打一顿。打过之后，也不过大家警戒，以后有鱼，千万当心，谨防贪污。而这天的晚餐，大家没得鱼吃了。

以后，鱼的贪污，因为防范甚严，没有发生。岂知贪污不一定为鱼，凡有油水有腥气的东西，皆为猫所觊觎。昨天耶稣圣诞，有人送我一个花蛋糕，像帽笼这么一匣。客人在座，我先打开来鉴赏一下，赞美一下，但见花花绿绿的，甜香烘烘的，教人吞唾液。客人告辞，大家送出门去，道谢道别。

万物可爱
丰子恺写给孩子的散文

不过一二分钟，回转来一看，五只猫围着蛋糕，有的正在舐食上面的糖花，有的咬了一口蛋糕，正在歪着头咀嚼。连忙大喊"打猫"，五猫纷纷跳下桌子，扬长而去。而蛋糕已被弄得一塌糊涂，不堪入目了。我们只得把五猫吃剩的蛋糕上面削去一层，把下面的大家分食了。下令通缉，诸猫均在逃，终无着落。

上面所举，只是著名的几件大案子。此外小小案件，不可胜计，我也懒得一一呈报了。更有可恶的，贪吃偷食之外，又要撒烂污在每人的床底下。就如昨夜，我睡在床里，闻得猫屎臭，又腥又酸的，令人作呕。只得冒了夜寒，披衣起床，用电筒检查。但见枕头底下的地上，赫然一堆猫屎！我房间中，本来早已戒严，无论昼夜不准贪污的猫入内。但是这些东西又小又滑，防不胜防。我们无法杜绝贪污，只得因循姑息下去。大小贪污案件，都只在发生的当初轰动一时，过后渐渐冷却，大家不提，就以不了了之。因此诸猫贪污如旧。

今天，我忽发心，要彻底查究猫的贪污，以根绝后患。我想，猫的贪污，定是由于没有吃饱之故；倘把只只猫喂饱,它们食欲满足,就各自去睡觉,洗脸,捉尾巴,厮打,或互相舐面孔,不致作恶为非了。于是我叫大司务来,问他"每日喂几顿?每顿多少分量"?大司务说:"每日规定三顿,每顿规定一千元猫鱼,拌一大碗饭。"我说:"猫有五只,这一点点怎么吃得饱呢?"大司务说:"它们倾轧得厉害。有时大猫把小猫挤开,先拣鱼来吃光,然后让小猫吃。有时小猫先落手为强,轮到大猫就没得吃。吃是的确吃不饱的。"我说:"为什么不多买点猫鱼,多拌点饭呢?"大司务说:"……"过了一会,又说:"太太规定如此的。"我说:"你去。"就去找太太,讨论猫的待遇问题。我说:"这许多猫,怎么每天只给一千元猫鱼呢?待遇这样薄,难怪它们要贪污了!"太太满不在乎地回答:"并没有薄,一向如此呀!"我说:"物价涨了呀!从前一千元猫鱼很多,现在一千元猫鱼只有一点点了!你这办法,正是教唆诸猫贪污!你想,它们吃不饱,只有东钻西钻,偷偷摸摸,狼狈为奸,集团贪污。照过去估计,猫的贪污,使我们损失很大!你贪小失大,不是办法。依我之见,不如从今大加调整。以物价指数为比例:米三十万元的时候每天给一千元猫鱼,如今米九十万了,应给三千元猫鱼。这样,它们只只吃饱,贪污事件自然减少起来。"太太起初不肯。后来我提及了三友实业社的三十万元的床毯被猫集团贪污而弄脏的事件,太太肉痛起来,就答允调整。立刻下手令给大司务,从明天起每日买三千元猫鱼。料想今后,我家猫的贪污案件,一定可以减少了。

一九四七年十二月二十六日于杭州

清晨

　　吃过早粥,走出堂前,在阶沿石上立了一会。阳光从东墙头上斜斜地射进来,照明了西墙头的一角。这一角傍着一大丛暗绿的芭蕉,显得异常光明。它的反光照耀全庭,使花坛里的千年红、鸡冠花和最后的蔷薇,都带了柔和的黄光。光滑的水门汀受了这反光,好像一片混浊的泥水。我立在阶沿石上,就仿佛立在河岸上了。

　　一条瘦而憔悴的黄狗,用头抵开了门,走进庭中来。它走到我的面前,立定了,俯下去嗅嗅我的脚,又仰起头来看我的脸。这眼色分明带着一种请求之情。我回身向内,想从余剩的早食中分一碗白米粥给它吃。忽然想起邻近有吃粞粥及糠饭的人,又踌躇地转身向了外。那狗似乎知道我的心事的，越发在我面前低昂盘旋，且嗅且看，又发出一种"呜呜"的声音。这声音仿佛在说，"狗也是天之生物！狗也要活！"我正踌躇，李妈出来收早粥，看见了狗便说："这狗要饿杀快①了！宝官②，来厨房里拿些馒焦给它吃吃吧。"我的问题就被代为解决。不久宝官拿了一小箩馒焦出来，先放一撮在水门汀上。那狗拼命地吃，好像防人来抢似的。她一撮一撮喂它，好像防它停食似的。

我在庭中散步了好久，回到堂前，看见狗正在吃最后的一撮。我站在阶沿石上看它吃。我觉得眼梢头有一件小的东西正在移动。俯身一看，离开狗头一二尺处，有一群蚂蚁，正在扛抬狗所遗落的馒焦。许多蚂蚁围绕在一块馒焦的四周，扛了它向西行，好像一朵会走的黑瓣白心的菊花。它们的后面，有几个空手的蚂蚁跑着，好像是护卫；它们的前面有无数空手的蚂蚁引导着，好像是先锋。这列队约有二丈多长，从狗头旁边直达阶沿石缝的洞口——它们的家里。我蹲在阶沿上，目送这朵会走的菊花。一面呼唤正在浇花的宝官，叫她来共赏。她放下了浇花壶，走来蹲在水门汀上，比

---

①饿杀快：江南一带方言，指快饿死。——编者注
②宝官：作者家乡一带对小主人称×官。——编者注

第二辑　生灵万物
——孩子最能见到事物的本相

我更热心地观赏起来,我叫她留心管着那只狗,防恐它再吃得不够,走过来舔食了这朵菊花。她等狗吃完,把它驱逐出门,就安心地来看蚂蚁的清晨的工作了。

这块镘焦很大,作椭圆形,看来是由三四粒饭合成的。它们扛了一会,停下来,好像休息一下,然后扛了再走。扛手也时有变换。我看见一个蚂蚁从众扛手中脱身而出,径向前去。我怪它卸责,目送它走。看见另一个蚂蚁从对方走来。它们二人在交臂时急急地亲了一个吻,然后各自前去。后者跑到菊花旁边,就挤进去,参加扛抬的工作,好像是前者请来的替工。我又看见一个蚂蚁贴身在一个扛手的背后,好像在咬它。过了一会,那被咬者退了出来,自向前跑,那咬者便挤进去代它扛抬了。我看了这些小动物的生活,不禁摇头太息,心中起了浓烈的感兴。我忘却了一切,埋头于蚂蚁的观察中。我自己仿佛已经化了一个蚂蚁,也在参加这扛抬粮食的工作了。我一望它们的前途,着实地担心起来。为的是离开它们一二尺的前方,有两根晒衣竹竿横卧在水门汀上,阻住它们的去路。先锋的蚂蚁空着手爬过,已觉周折,这笨重的粮食如何扛过这两重畸形的山呢?忽然觉悟了我自己是人,何不用人力去助它们一下呢?我就叫宝官把竹竿拿开。并且嘱咐她轻轻地,不要惊动了蚂蚁。她拿开了第二根时，菊花已经移行到第一根旁边而且已在努力上山了。我便叫她住手，且来观看。这真是畸形的山，山脚凹进，山腰凸出。扛抬粮食上山，非常吃力！后面的扛手站住不动，前面的扛手把后脚爬上山腰，然后死命地把粮食抬起来，使它架空。于是山腰的人死命地拖，地上的人死命地送。结果连物带人拖上山去。我和宝官一直叫着"杭育，杭育，"帮它们着力，到这时候不期地同喊一声"好啊！"各抽一口大气。

下山的时候，又是一番挣扎；但比上山容易得多。前面的扛手先把身体挂了下来，后面的扛手自然被粮食的重量拖下，跌到地上。另有两人扛了一粒小饭粒从后面跟来。刚爬上山，又跌了下去。来了一个帮手，三人抬过山头。前面的菊花形的大群已去得很远了。

菊花形的大群走了一大程平地，前面又遇到了障碍。这是一个不可超越的峭壁，而且壁的四周都是水，深可没顶。宝官抱歉地自责起来："唉！我怎么把这把浇花壶放在它们的运粮大道上！不幸而这又是漏的！"继而认真地担忧了："它们迷了路怎么办呢？"继而狂喜地提议："赶快把壶拿开，给它们架一爿桥吧。"她正在寻找桥梁的材木，那三个扛抬的一组早已追过大群，先到水边，绕着水走去了。不久

第二辑 生灵万物
——孩子最能见到事物的本相

大群也到水边,跟了它们绕行,我唤回了宝官,依旧用眼睛帮它们扛抬。我们计算绕水所多走的路程,约有三尺光景!而且海岸线曲折多端,转弯抹角,非常吃力,这点辛劳明明是宝官无心地赠给它们的!我们所惊奇者:蚂蚁似乎个个带着指南针。任凭转几个弯,任凭横走,逆行,它们绝不失向。迤逦盘旋了好久,终于绕到了水的对岸。现在离它们的家只有四五尺,而且都是平地了。我的心便从蚂蚁的世界中醒回来。我站起身来,挺一挺腰。我想等它们扛进洞时,再蹲下去看。暂时站在阶沿石上同宝官谈些话。

"这也是一种生物,它们也要活。人类的生活实在不及……"我正想说下去,外面走进我们店里的染匠司务来。他提着早餐的饭篮,要送进灶间去。当他通过我们的前面时,他正在和宝官说什么话。我和宝官听他说话,暂时忘记了蚂蚁的事。等到我注意到的时候。他的左脚正落在这大群蚂蚁的上面,好像飞来峰一般。我急忙捉住他的臂,提他的身体,连喊:"踏不得!踏不得!"他吓得不知所以,像化石一般,顶着脚尖,一动也不动。我用力搬开他的腿。看见他的脚踵底下,一朵白心黑瓣的菊花无恙地在那里移行。宝官用手拍拍自己的心,说道"还好还好,险险乎!"染匠司务俯下去看了一看,起来也用手拍拍自己的心,说道"还好还好,险险乎!"他放下了饭篮,和我们一同观赏了一会,赞叹了一会。当他提了饭篮走进屋里去的时候,又说一声"还好还好,险险乎!"

我对宝官说:"这染匠司务不是戒杀者,他欢喜吃肉,而且会杀鸡。但我看他对于这大群蚂蚁的'险险乎',真心地着急;对于它们的'还好还好',真心地庆幸。这是人性中最可贵的'同情'的发现。人要杀蚂蚁,既不犯法,又不费力,更无人来替它们报仇。然而看了它们的求生的天性,奋斗团结的精神和努力,挣扎的苦心,谁能不起同情之心,而对于眼前的小动物加以爱护呢?我们并不要禁杀蚂蚁,我们并不想繁殖蚂蚁的种族。但是,倘有看了上述的状态,而能无端地故意地歼灭它们的人,其人定是丧心病狂之流,失却了人性的东西。我们所惜的并非蚂蚁的生命,而是人类的同情心。"宝官也举出一个实例来。说她记得幼时有一天,也看见过今日般的状态。大家正在观赏的时候,有某恶童持热水壶来,冲将下去。大家被他吓走,没有人敢回顾。我听了毛发悚然。推想这是水灾而兼炮烙,又好比油锅地狱!推想这孩子倘做了支配者,其杀人亦复如是!古来桀纣之类的暴徒,大约是由这种恶童变成的吧!

第二辑　生灵万物
——孩子最能见到事物的本相

　　扛抬粮食的蚂蚁经过了长途的跋涉，出了染匠司务脚底的险，现在居然达到了家门口。我们又蹲下去看。然而如何搬进家里，我又替它们担起心来。因为它们的门洞开在两块阶沿石缝的上端，离平地约有半尺之高。从水门汀上扛抬到门口，全是断崖削壁！以前的先锋，现在大部分集中在门口，等候粮食从削壁上搬运上来。其一部分参加搬运之役。挤不进去的，附在别人后面，好像是在拉别人的身体，间接拉上粮食来。大块而沉重的粮食时时摇动，似欲翻落。我们为它们捏两把汗。将近门口，忽然一个失手，竟带了许多扛抬者，砰然下坠。我们同情之余，几欲伸手代为拾起，甚至欲到灶间里去抓一把饭粒来塞进洞门里。但是我们没有实行。因为教它们依赖，出于姑息；当它们豢物，近于侮辱。蚂蚁知道了，定要拒绝我们。你看，它们重整旗鼓，再告奋勇。不久，居然把这件重大的粮食扛上削壁，搬进洞门里了。

　　朝阳已经照到芭蕉树上。时钟打九下。正是我们开始工作的时光了。宝官自去读书，我也带了这些感兴，走进我的书室去。

一九三五年十月六日在石门湾

养鸭

除了例假日有长长大大的四个学生——两大学,一高中,一专科——回家来热闹一番之外,经常住在家里的只有三个半人:我们老夫妇二人,一个男工,和一个五岁的男孩。但畜生倒有八口:两狗,两猫,两鸽,和两鸭。有一位朋友看见了说:"人少畜生多。"

这许多畜生之中,我最喜欢的是两只鸭。狗是为了防窃贼设法讨来的;猫是为了抵抗老鼠出了四百多块钱买来的,都有实用性。并且狗的贪婪、无耻和势利,猫的凶狠和谄媚,根本不能使我喜欢。至于鸽子呢,新近友人送来的,养得不久;我虽久仰他们的敏捷和信义,但是交情还浅,尚未领教,也只得派在不欢喜之列。惟有两只鸭,我觉得有

第二辑 生灵万物
——孩子最能见到事物的本相

意思。

这一对鸭不是原配,是一个寡妇和一个第二后夫。来由是这样的:今年暮春,一吟(就是那专科学生)从街上买了一对小鸭回来。小得很,两只可以并排站在手掌上。白天在后门外水田游泳,晚上共睡在一只小篮里,挂在梁上:为的是怕黄鼠狼拖去吃。鸭子长得很快,不久小篮嫌挤,就改睡在一个字纸篓里,还是挂在梁上。有一天半夜里,我半睡中听见室内哗啦哗啦地响,后来是鸭子叫。连忙起身,拿电筒一照,只见字纸篓正在摇荡中,下面地上,一只小雄鸭仰卧在血泊中。仔细一看,头颈已被咬断,血如泉涌了。连忙探望字纸篓,小雌鸭幸而还在。环视室内,凶手早已不知去向了。这件血案闹得全家的人都起来。看看残生的小雌鸭,各人叹了好几口气。

后来一吟又买了一只小雄鸭来。大小和小雌鸭仿佛。几日来,小雌鸭形单影只,如今又鹅鹅鲽鲽了。自从那件血案发生以后,我们每晚戒备很严,这一对续弦的小鸭,安全地长大起来,直到七月初我们迁居新屋的时候,已经长成一对中鸭了。新屋四周没有邻居,却有篱笆围着一大块空地。我们在篱笆内掘一个小塘,就称为乳鸭池塘。一对鸭子尽日在

万物可爱
丰子恺写给孩子的散文

篱笆内仰观俯察,逡巡游泳,在我的岑寂的闲居生活上增添了一种生趣。不知不觉之间,它们已长成大鸭,全身雪白,两脚大黄,翅膀上几根羽毛,黑色里透着金光,很是美观。它们晚上睡在屋檐下一只箩子底下。箩子上面压上一块石板,也是为防黄鼠狼。谁知有一天的破晓,我睡醒来,听见连新——我们的男工,在叫喊。起来探问,才知道一只雄鸭又被拖去了,一道血迹从箩子边洒到篱笆的一个洞口,洞外也有些点滴,迤逦向荒山而去。查问根由,原来昨夜连新忘记在箩子上压石板,黄鼠狼就来启箩偷鸭了。既经的疏忽也不必责咎。只是以后的情景着实可怜。那雌鸭放出箩来,东寻西找,仰天长鸣,"轧轧"之声,竟日不绝。其声慌张、焦躁,而似乎含有痛楚,使闻者大为不安。所谓"行人驻足听,寡妇起彷徨"[①]者,大约是类乎此的鸣声吧。以前小雄鸭被害了,她满不在乎,照旧吃食游水,我曾经笑她"她毕竟是禽兽"!但照如今看来,毕竟是人的同类,也是含识的。有情的众生。傍晚我偶然走到箩子旁边,看见早上喂的饭全没有动。

[①]行人驻足听,寡妇起彷徨:语出汉乐府《孔雀东南飞》,原形容焦仲卿、刘兰芝墓前的鸳鸯彻夜发出令人闻之痛心的鸣叫。——编者注

第二辑　生灵万物
——孩子最能见到事物的本相

雌鸭"丧其所天"之后，一连三四日"轧轧"地哀鸣，东张西望地寻觅。后来也就沉静了。但样子很异常，时时俯在地上叩头，同时"咯咯"地叫。从前的邻人周婆婆来，看见了，说她是需要雄鸭。我们就托周婆婆作媒，过了几天，周婆婆果然提了一只雄鸭来，身材同她一样大小，毛色比她更加鲜美。雄鸭一到地上，立刻跟着雌鸭悠然而逝，直到屋后篱角，花阴深处盘桓了。他们好像是旧相识的。

这一对鸭就是我现在所喜欢的畜生。我喜欢他们，不仅为了上述的一段哀史，大半也是为了鸭这种动物的性行。从前意大利的辽巴第（列奥巴尔迪）（Leopardi）喜欢鸟，曾作《百鸟颂》。鸭也是鸟类，却没有被颂在里头，我实在要替鸭抱不平。许多人说，鸭步行的态度太难看。我以为不然，摇摇摆摆地走路，样子天真自然，另有一种"滑稽美"。狗走起路来皇皇如也，好像去赶公事；猫走起路来偷偷摸摸，好像去干暗杀，这才是真难看。但我之所以喜欢鸭子，主要是为了他们的廉耻。人去喂食的时候，鸭一定远远的避开。直到人去远了才慢慢地走近来吃。正在吃的时候，倘有人远远地走过来，一定立刻舍食而去，绝不留恋。虽然鸭子终吃了人们的饭，但其态度非常漂亮，绝不摇尾乞怜，绝不贪婪争食，颇有"履霜坚冰"之操，"不食嗟来"之志，比较之下，狗和猫实在可耻：狗之贪食，恐怕动物中无出其右了。喂食的时候，人还没有走到食盆边，狗已摇头摆尾地先到，而且把头向空盆里乱钻。所以倒下去的食物往往都倒在狗头上。猫是上桌子的畜生，其贪吃更属可怕。不管是灶头上，柜子里，乘人不备，到处偷吃。甚至于人们吃饭的时候，会跳上人膝，向人的饭碗里抢东西吃。一旦抢到了美味的食物，若有人追打，便发出一种吼声，其声的凶狠，可以使人想象老虎或雷电。足证它是用尽全身之力，为食物而拼命了。凡此种种丑态在我们的鸭子全然没有。鸭子，即使人们忘了喂食，仍是摇摇摆摆地自得其乐。这不是最可爱的动物吗？

这两只鸭，我决定养它们到老死。我想准备一只笼子，将来好关进笼里，带它们坐轮船，穿过巴峡巫峡，经过汉口南京，一同回到我的故乡。

一九四三年十一月十七日

白象

白象是我家的爱猫，本来是我的次女林先家的爱猫，再本来是段老太太家的爱猫。

抗战初，段老太太带了白象逃难到大后方。胜利后，又带了它复员到上海，与我的次女林先及吾婿宋慕法邻居。不知为了什么原因，段老太太把白象和它的独子小白象寄交林先、慕法家，变成了他们的爱猫。我到上海，林先、慕法又把白象寄交我，关在一只无锡面筋的笼里，上火车，带回杭州，住在西湖边上的小屋里，变成了我家的爱猫。

白象真是可爱的猫！不但为了它浑身雪白，伟大如象，又为了它的眼睛一黄一蓝，叫做"日月眼"。它从太阳光里走来的时候，瞳孔细得几乎没有，两眼竟像话剧舞台上所装置的两只光色不同的电灯，见者无不惊奇赞叹。收电灯费的人看见了它，几乎忘记拿钞票；查户口的警察看见了它，也暂时不查了。

白象到我家后，慕法、林先常写信来，说段老太太已迁居他处，但常常来他们家访问小白象，目的是探问白象的近况。我的幼女一吟，同情于段老太太的离愁，常常给白象拍照，寄交林先转交段老太太，以慰其相思。同时对于白象，更增爱护。每天一吟读书回家，或她的大姐陈宝教课回家，一坐倒，白象就跳到她们的膝上，老实不客气地睡了。她们不忍拒绝，就坐着不动，向人要茶，要水，要换鞋，要报看。有时工人不在身边，我同老妻就当听差，送茶，送水，送鞋，送报。我们是间接服侍白象。

有一天，白象不见了。我们侦骑四出，遍寻不得。正在担忧，它偕同一只斑花猫，悄悄地回来了，大家惊喜。女工秀英说，这是招贤寺里的雄猫，说过笑起来。经过一个短促的休止符，大家都笑起来。原来它是到和尚寺里去找恋人去了，害得我们急死。

第二辑　生灵万物
——孩子最能见到事物的本相

此后斑花猫常来，它也常去，大家不以为奇。我觉得白象更可爱了。因为它不像鲁迅先生的猫，恋爱时在屋顶上怪声怪气，吵得他不能读书写稿，而用长竹竿来打。后来它的肚皮渐渐大起来了。约摸两三个月之后，它的肚皮大得特别，竟像一只白象了。我们用一只旧箱子，把盖拿去，作为它的产床。有一天，它临盆了，一胎五子，三只雪白的，两只斑花的。大家称庆，连忙叫男工樟鸿到岳坟去买新鲜鱼来给它调将。女孩子们天天冲克宁奶粉给它吃。

小猫日长夜大，二星期之后，都会爬动。白象育儿耐苦得很，日夜躺卧，让五个孩子纠缠。它的身体庞大，在五只小猫看来，好比一个丘陵。它们恣意爬上爬下，好像西湖上的游客爬孤山一样。这光景真是好看！

不料有一天，一只小花猫死了。我的幼儿新枚，哭了一场，拿一条美丽牌香烟的匣子，当作棺材，给它成殓，葬在西湖边的草地中。余下的四只，就特别爱惜。我家有七个孩子，三个在外，四个在杭州，他们就把四只小猫分领，各认一只。长女陈宝领了花猫，三女宁馨、幼女一吟、幼儿新枚，各领一只白猫。这就好比乡下人把孩子过房给庙里的菩萨一样，有了"保佑"，"长命富贵"。大约因为他们不是菩萨，不能保佑；过一会，一只小白猫又死了。剩下三只，一花二白，都很健康，看看已能吃鱼吃饭，不必全靠吃奶了。白象的母氏劬劳，也渐渐减省。它不必日夜躺着喂奶，可以随时出去散步，或跳到女孩子们的膝上去睡觉了。女孩子们笑它："做了母亲还要别人抱？"它不理，管自睡在人家怀里。

有一天，白象不回来吃中饭。"难道又到和尚寺里去找恋人了？"大家疑问。等到天黑，终于不回来。秀英当夜到寺里去寻，不见。明天，又不回来。问题严重起来。我就写二张海报："寻猫：敝处走失日月眼大白猫一只。如有仁人君子觅得送还，奉酬法币十万元。储款以待，决不食言。××路××号谨启。"过了两天，有邻人来言，"前几天看见一大白猫死在地藏庵与复性书院之间的水沼里，恐怕是你们的。"我们闻耗奔丧，找不到尸体。问地藏庵里的警察，也说不知；又说，大概清道夫取去了。我们回家，大家沉默志哀，接着就讨论它的死因。有的说是它自己失脚落水，有的说是顽童推它下水，莫衷一是。后来新枚来报告，邻家的孩子曾经看见一只大白猫死在水沼上的大柳树根上。后来被人踢到水沼里。孩子不会说谎，此说大约可靠。且我听说，猫不肯死在家里，自知临命终了，必远行至无人处，然后辞世。故此说更觉可靠。我觉得这点"猫性",颇可赞美。这有壮士风,不愿死户牖下儿女之手中,而情愿战死杀场,马革裹尸。这又有高士风,不愿病死在床上,而情愿遁迹深山,不知所终。总之,白象确已不在"猫间"了。

白象失踪的第二天,林先从上海来杭。一到,先问白象。骤闻噩耗,惊惶失色。因为她原是受了段老太太之托,此番来杭将把白象带回上海,重归旧主的。相差一天,天缘何悭!然而天实为之,谓之何哉。所幸它还有三个遗孤,虽非日月眼,而壮健活泼,足以承继血统。为防损失,特把一匹小花猫寄交我的好友家。其余两匹小白猫,常在我的身边。每逢我架起了脚看报或吃酒的时候,它们爬到我的两只脚上,一高一低,一动一静,别人看见了都要笑。我倒已经习以为常,似觉一坐下来,脚上天生成有两只小猫的。

一九四七年五月二十七日于杭州作

蝌蚪

一

每度放笔,凭在楼窗上小憩的时候,望下去看见庭中的花台的边上,许多花盆的旁边,并放着一只印着蓝色图案模样的洋瓷面盆。我起初看见的时候,以为是洗衣物的人偶然寄存着的。在灰色而简素的花台的边上,许多形式朴陋的瓦质的花盆的旁边,配置一个机械制造而施着近代风图案的精巧的洋瓷面盆,绘画地看来,很不调和。假如眼底展开着的是一张画纸,我颇想找块橡皮来揩去它。

一天,二天,三天,洋瓷面盆尽管放在花台的边上。这表示它不是偶然寄存,而负着一种使命。晚间凭窗欲眺的时

第二辑　生灵万物
——孩子最能见到事物的本相

候,看见放学出来的孩子们聚在墙下拍皮球。我欲知道洋瓷面盆的意义,便提出来问他们,才知道这面盆里养着蝌蚪,是春假中他们向田里捉来的。我久不来庭中细看,全然没有知道我家新近养着这些小动物;又因面盆中那些蓝色的图案,细碎而繁多,蝌蚪混迹于其间,我从楼窗上望下去,全然看不出来。蝌蚪是我儿时爱玩的东西,又是学童时代教科书里最感兴味的东西,说起来可以牵惹种种的回想,我便专诚下楼来看它们。

洋瓷面盆里盛着大半盆清水,瓜子大小的蝌蚪十数个,抖着尾巴,急急忙忙地游来游去,好像在找寻什么东西。孩子们看见我来欣赏他们的作品,大家围集拢来,得意地把关于这作品的种种话告诉我:

"这是从大井头的田里捉来的。"

"是清明那一天捉来的。"

"我们用手捧了来的。"

"我们天天换清水的呀。"

"这好像黑色的金鱼。"

"这比金鱼更可爱!"

"它们为什么不绝地游来游去?"

"它们为什么还不变青蛙?"

他们的疑问把我提醒,我看见眼前这盆玲珑活泼的小动物,忽然变成了一种苦闷的象征。

我见这洋瓷面盆仿佛是蝌蚪的沙漠。它们不绝地游来游去,是为了找寻食物。它们的久不变成青蛙,是为了不得其生活之所。这几天晚上,附近田里蛙鼓的合奏之声,早已传达到我的床里了。这些蝌蚪倘有耳,一定也会听见它们的同类的歌声。听到了一定悲伤,每晚在这洋瓷面盆里哭泣,亦未可知!它们身上有着泥土水草一般的保护色,它们只合在有滋润的泥土,丰肥的青苔的水田里生活滋长。在那里有它们的营养物,有它们的安息所,有它们的游乐处,还有它们的大群的伴侣。现在被这些孩子们捉了来,关在这洋瓷面盆里,四周围着坚硬的洋铁,全身浸着淡薄的白水,所接触的不是同运命的受难者,便是冷酷的珐琅质。任凭它们镇日急急忙忙地游来游去,终于找不到一种保护它们,慰安它们,生息它们的东西。这在它们是一片渡不尽的大沙漠。它们将以幼虫之身,默默地夭死在这洋瓷面盆里,没有成长变化,而在青草池塘中唱歌跳舞的欢乐的希望了。

这是苦闷的象征,这象征着某种生活之下的人的灵魂!

二

我劝告孩子们:"你们只管把蝌蚪养在洋瓷面盆中的清水里,它们不得充分的养料和成长的地方,永远不能变成青蛙,将来统统饿死在这洋瓷面盆里!你们不要当它们金鱼看待!金鱼原是鱼类,可以一辈子长在水里;蝌蚪是两栖类动物的幼虫,它们盼望长大,长大了要上陆,不能长居水里。你看它们急急忙忙地游来游去,找寻食物和泥土,无论如何也找不到,样子多么可怜!"

孩子们被我这话感动了,颦蹙地向洋瓷面盆里看。有几人便问我:"那么,怎么好呢?"

万物可爱
丰子恺写给孩子的散文

我说:"最好是送它们回家——拿去倒在田里。过几天你们去探访,它们都已变成青蛙,'哥哥,哥哥'地叫你们了。"

孩子们都欢喜赞成,就有两人抬着洋瓷面盆,立刻要送它们回家。

我说:"天将晚了,我们再留它们一夜,明天送回去罢。现在走到花台里拿些它们所欢喜的泥来,放在面盆里,可以让它们吃吃,玩玩。也可以让它们知道,我们不再虐待它们,我们先当作客人款待它们一下,明天就护送它们回家。"

孩子们立刻去捧泥,纷纷地把泥投进面盆里去。有的人叫着:"轻轻地,轻轻地!看压伤了它们!"

不久,洋瓷面盆底里的蓝色的图案都被泥土遮掩。那些蝌蚪统统钻进泥里,一只也看不见了。一个孩子寻了好久,锁着眉头说:"不要都压死了?"便伸手到水里拿开一块泥来看。但见四个蝌蚪密集在面盆底上的泥的凹洞里,四个头凑在一起,尾巴向外放射,好像在那里共食什么东西,或者

青梅

郎骑竹马来

第二辑　生灵万物
——孩子最能见到事物的本相

共谈什么话。忽然一个蝌蚪摇动尾巴，急急忙忙地游了开去。游到别的一个泥洞里去一转，带了别的一个蝌蚪出来，回到原处。五个人聚在一起，五根尾巴一齐抖动起来，成为五条放射形的曲线，样子非常美丽。孩子们呀呀地叫将起来。我也暂时忘记了自己的年龄，附和着他们的声音呀呀地叫了几声。

随后就有几人异口同声地要求："我们不要送它们回家，我们要养在这里！"我在当时的感情上也有这样的要求；但觉左右为难，一时没有话回答他们，踌躇地微笑着。一个孩子恍然大悟地叫道："好！我们在墙角里掘一个小池塘，倒满了水，同田里一样，就把它们养在那里。它们大起来变成青蛙，就在墙角里的地上跳来跳去。"大家拍手说："好！"我也附和着说："好！"大的孩子立刻找到种花用的小锄头，向墙角的泥地上去垦。不久，垦成了面盆大的一个池塘。大家说："够大了，够大了！""拿水来，拿水来！"就有两个孩子扛开水缸的盖，用浇花壶提了一壶水来，倾在新开的小池塘里。起初水满满的，后来被泥土吸收，渐渐地浅起来。大家说："水不够，水不够。"小的孩子要再去提水，大的孩子说："不必了，不必了，我们只要把洋瓷面盆里的水连泥和蝌蚪倒进塘里，就正好了。"大家赞成。蝌蚪的迁居就这样地完成了。

夜色朦胧，屋内已经上灯。许多孩子每人带了一双泥手，欢喜地回进屋里去，回头叫着："蝌蚪，再会！""蝌蚪，再会！""明天再来看你们！""明天再来看你们！"一个小的孩子接着说："明天它们也许变成青蛙了。"

三

洋瓷面盆里的蝌蚪，由孩子们给迁居在墙角里新开的池塘里了。孩子们满怀的希望，等候着它们的变成青蛙。我便怅然地想起了前几天遗弃在上海的旅馆里的四只小蝌蚪。

今年的清明节，我在旅中度送。乡居太久了有些儿厌倦，想调节一下。就在这清明的时节，做了路上的行人。时值春假，一孩子便跟了我走。清明的次日，我们来到上海。十里洋场，我一看就生厌，还是到城隍庙里去坐坐茶店，买买零星玩意，倒有趣味。孩子在市场的一角看中了养在玻璃瓶里的蝌蚪，指着了要买。出十个铜板买了。后来我用拇指按住了瓶上的小孔，坐在黄包车里带它回旅馆去。

第二辑 生灵万物
——孩子最能见到事物的本相

回到旅馆,放在电灯底下的桌子上观赏这瓶蝌蚪,觉得很是别致:这真像一瓶金鱼,共有四只。颜色虽不及金鱼的漂亮,但是游泳的姿势比金鱼更为活泼可爱。当它们游在瓶边上时,我们可以察知它们的实际的大小只及半粒瓜子。但当它们游到瓶中央时,玻璃瓶与水的凸镜的作用把它们的形体放大,变化参差地映入我们的眼中,样子很是好看。而在这都会的旅馆的楼上的五十支光电灯底下看这东西,愈加觉得稀奇。这是春日田中很多的东西。要是在乡间,随你要多少,不妨用斗来量。但在这不见自然面影的都会里,不及半粒瓜子大的四只,便已可贵,要装在玻璃瓶内当作金鱼欣赏了,真有些儿可怜。而我们,原是常住在乡间田畔的人,在这清明节离去了乡间而到红尘万丈的中心的洋楼上来鉴赏玻璃瓶里的四只小蝌蚪,自己觉得可笑。这好比富翁舍弃了家里的酒池肉林而加入贫民队里来吃大饼油条;又好比帝王舍弃了上苑三千而到民间来钻穴窥墙。

一天晚上,我正在床上休息的时候,孩子在桌上玩弄这玻璃瓶,一个失手,把它打破了。水泛滥在桌子上,里面带着大大小小的玻璃碎片,蝌蚪躺在桌上的水痕中蠕动,好似涸辙之鱼,演成不可收拾的光景,归我来办善后。善后之法,第一要救命。我先拿一只茶杯,去茶房那里要些冷水来，把桌上的四个蝌蚪轻轻地掇进茶杯中，供在镜台上了。然后一一拾去玻璃的碎片，揩干桌子。约费了半小时的扰攘，好容易把善后办完了。去镜台上看看茶杯里的四只蝌蚪，身体都无恙，依然是不绝地游来游去，但形体好像小了些，似乎不是原来的蝌蚪了。以前养在玻璃瓶中的时候，因有凸镜的作用，其形状忽大忽小，变化百出，好看得多。现在倒在茶杯里一看，觉得就只是寻常乡间田里的四只蝌蚪，全不足观。都会真是枪花繁多的地方，寻常之物，一到都会里就了不起。这十里洋场的繁华世界，恐怕也全靠着玻璃瓶的凸镜的作用映成如此光怪陆离。一旦失手把玻璃瓶打破了，恐怕也只是寻常乡间田里的四只蝌蚪罢了。

过了几天，家里又有人来玩上海。我们的房间嫌小了，就改赁大房间。大人，孩子，加以茶房，七手八脚地把衣物搬迁。搬迁之后立刻出去看上海。为经济时间计，一天到晚跑在外面，乘车，买物，访友，游玩，少有在旅馆里坐的时候，竟把小房间里镜台上的茶杯里的四只小蝌蚪完全忘却了；直到回家后数天，看到花台边上洋瓷面盆里的蝌蚪的时候，方然忆及。现在孩子们给洋瓷面盆里的蝌蚪迁居在墙角里新开的小池塘里，满怀的希望，等候着它们的变成青蛙。我更怅然地想起了遗弃在上海的旅馆里的四只蝌蚪。不知它

第二辑 生灵万物
——孩子最能见到事物的本相

们的结果如何?

大约它们已被茶房妙生倒在痰盂里,枯死在垃圾桶里了?妙生欢喜金铃子,去年曾经想把两对金铃子养过冬,我每次到这旅馆时,他总拿出他的牛筋盒子来给我看,为我谈种种关于金铃子的话。也许他能把对金铃子的爱推移到这四只蝌蚪身上,代我们养着,现在世间还有这四只蝌蚪的小性命的存在,亦未可知。

然而我希望它们不存在。倘还存在,想起了越是可哀!它们不是金鱼,不愿住在玻璃瓶里供人观赏。它们指望着生长,发展,变成了青蛙而在大自然的怀中唱歌跳舞。它们所憧憬的故乡,是水草丰足,春泥粘润的田畴间,是映着天光云影的青草池塘。如今把它们关在这商业大都市的中央,石路的旁边,铁筋建筑的楼上,水门汀砌的房笼内,瓷制的小茶杯里,除了从自来水龙头上放出来的一勺之水以外,周围都是瓷,砖,石,铁,钢,玻璃,电线,和煤烟,都是不适于它们的生活而足以致它们死命的东西。世间的凄凉,残酷,和悲惨,无过于此。这是苦闷的象征,这象征着某种生活之下的人的灵魂。

假如有谁来报告我这四只蝌蚪的确还存在于那旅馆中，为了象征的意义，我准拟立刻动身，专赴那旅馆中去救它们出来，放乎青草池塘之中。

一九三四年四月廿二日

杨柳

因为我的画中多杨柳树,就有人说我欢喜杨柳树;因为有人说我欢喜杨柳树,我似觉自己真与杨柳树有缘。但我也曾问心,为什么欢喜杨柳树?到底与杨柳树有什么深缘?其答案了不可得。原来这完全是偶然的:昔年我住在白马湖上,看见人们在湖边种柳,我向他们讨了一小株,种在寓屋的墙角里。因此给这屋取名"小杨柳屋",因此常取见惯的杨柳为画材,因此就有人说我欢喜杨柳,因此我自己似觉与杨柳有缘。假如当时人们在湖边种荆棘,也许我会给屋取为"小荆棘屋",而专画荆棘,成为与荆棘有缘,亦未可知。天下事往往如此。

但假如我存心要和杨柳结缘,就不说上面的话,而可以附会种种的理由上去。或者说我爱它的鹅黄嫩绿，或者说我爱它的如醉如舞，或者说我爱它像小蛮的腰，或者说我爱它是陶渊明的宅边所种的，或者还可引援"客舍青青"的诗，"树犹如此"的话，以及"王恭之貌""张绪之神"等种种古典来，作为自己爱柳的理由。即使要找三百个冠冕堂皇、高雅深刻的理由，也是很容易的。天下事又往往如此。

也许我曾经对人说过"我爱杨柳"的话。但这话也是随缘的。仿佛我偶然买一双黑袜穿在脚上，逢人问我"为什么穿黑袜"时，就对他说"我欢喜穿黑袜"一样。实际，我向来对于花木无所爱好；即有之，亦无所执着。这是因为我生长穷乡，只见桑麻，禾黍，烟片，棉花，小麦，大豆，不曾亲近过万花如绣的园林。只在几本旧书里看见过"紫薇""红杏""芍药""牡丹"等美丽的名称，但难得亲近这等名称的所有者。并非完全没有见过，只因见时它们往往使我失望，不相信这便是曾对紫薇郎的紫薇花，曾使尚书出名的红杏，曾傍美人醉卧的芍药，或者象征富贵的牡丹。我觉得它们也只是植物中的几种，不过少见而名贵些，实在也没有什么特别可爱的地方，似乎不配在诗词中那样地受人称赞，更不配在花木中占据那样高尚的地位。因此我似觉诗词中所赞叹的名花是另外一种，不是我现在所看见的这种植

第二辑　生灵万物
——孩子最能见到事物的本相

物。我也曾偶游富丽的花园，但终于不曾见过十足地配称"万花如绣"的景象。

假如我现在要赞美一种植物，我仍是要赞美杨柳。但这与前缘无关，只是我这几天的所感，一时兴到，随便谈谈，也不会像信仰宗教或崇拜主义地毕生皈依它。为的是昨日天气佳，埋头写作到傍晚，不免走到西湖边的长椅子里坐了一番。看见湖岸的杨柳树上，好像挂着几万串嫩绿的珠子，在温暖的春风中飘来飘去，飘出许多弯度微微的S线来，觉得这一种植物实在美丽可爱，非赞它一下不可。

听人说，这种植物是最贱的。剪一根枝条来插在地上，它也会活起来，后来变成一株大杨柳树。它不需要高贵的肥料或工深的壅培，只要有阳光，泥土和水，便会生活，而且生得非常强健而美丽。牡丹花要吃猪肚肠，葡萄藤要吃肉汤，许多花木要吃豆饼，杨柳树不要吃人家的东西，因此人们说它是"贱"的。大概"贵"是要吃的意思。越要吃得多，越要吃得好，就是越"贵"。吃得很多很好而没有用处，只供观赏的，似乎更贵。例如牡丹比葡萄贵，是为了牡丹吃了猪肚肠只供观赏，而葡萄吃了肉汤有结果的原故。杨柳不要吃人的东西，且有木材供人用，因此被人看作

"贱"的。

我赞杨柳美丽，但其美与牡丹不同，与别的一切花木都不同。杨柳的主要的美点，是其下垂。花木大都是向上发展的，红杏能长到"出墙"，古木能长到"参天"。向上原是好的，但我往往看见枝叶花果蒸蒸日上，似乎忘记了下面的根，觉得其样子可恶；你们是靠它养活的，怎么只管高踞上面，绝不理睬它呢？你们的生命建设在它上面，怎么只管贪图自己的光荣，而绝不回顾处在泥土中的根本呢？花木大都如此。甚至下面的根已经被砍，而上面的花叶还是欣欣向荣，在那里作最后一刻的威福，真是可恶而又可怜！杨柳没有这般可恶可怜的样子：它不是不会向上生长。它长得很快，而且很高；但是越长得高，越垂得低。千万条陌头细柳，条条不忘记根本，常常俯首顾着下面，时时借了春风之力，向处在泥土中的根本拜舞，或者和它亲吻。好像一群的活泼孩子环绕着他们的慈母而游戏，但时时依傍到慈母的身旁去，或者扑进慈母的怀里去，使人看了觉得非常可爱。杨柳树也有高出墙头的，但我不嫌它高，为了它高而能下，为了它高而不忘本。

自古以来，诗文常以杨柳为春的一种主要题材。写春景曰"万树垂杨",写春色曰"陌头杨柳",或竟称春天为"柳条春"。我以为这并非仅为杨柳当春抽条的原故,实因其树有一种特殊的姿态,与和平美丽的春光十分调和的原故。这种姿态的特殊点,便是"下垂"。不然,当春发芽的树木不知凡几,何以专让柳条作春的主人呢?只为别的树木都凭仗了东君的势力而拼命向上,一味好高,忘记了自己的根本,其贪婪之相不合于春的精神。最能象征春的神意的,只有垂杨。

这是我昨天看了西湖边上的杨柳而一时兴起的感想。但我所赞美的不仅是西湖上的杨柳。在这几天的春光之下,乡村处处的杨柳都有这般可赞美的姿态。西湖似乎太高贵了,反而不适于栽植这种"贱"的垂杨呢。

一九三五年三月四日于杭州

生机

去年除夜买的一球水仙花,养了两个多月,直到今天方才开花。

今春天气酷寒,别的花木萌芽都迟,我的水仙尤迟。因为它到我家来,遭了好几次灾难,生机被阻抑了。

第一次遭的旱灾,其情形是这样:它于去年除夕到我家,当时因为我的别寓里没有水仙花盆,我特为跑到瓷器店去买一只纯白的瓷盘来供养它。这瓷盘很大,很重,原来不是水仙花盆。据瓷器店里的老头子说,它是光绪年间的东西,是官场中请客时用以盛某种特别肴馔的家伙。只因后来没有人用得着它,至今没有卖脱。我觉得普通所谓水仙花

第二辑　生灵万物
——孩子最能见到事物的本相

盆，长方形的，扇形的，在过去的中国画里都已看厌了，而且形式都不及这家伙好看。就假定这家伙是为我特制的水仙花盆，买了它来，给我的水仙花配合，形状色彩都很调和。看它们在寒窗下绿白相映，素艳可喜，谁相信这是官场中盛酒肉的东西？可是它们结合不到一个月，就要别离。为的是我要到石门湾去过阴历年，预期在缘缘堂住一个多月，希望把这水仙花带回去，看它开好才好。如何带法？颇费踌躇：叫工人阿毛拿了这盆水仙花乘火车，恐怕有人说阿毛提倡风雅；把它装进皮箱里，又不可能。于是阿毛提议："盘儿不要它，水仙花拔起来装在饼干箱里，携了上车，到家不过三四个钟头，不会旱杀的。"我通过了。水仙就与盘暂别，坐在饼干箱里旅行。回到家里，大家纷忙得很，我也忘记了水仙花。三天之后，阿毛突然说起，我猛然觉悟，找寻它的下落，原来被人当作饼干，搁在石灰甏上。连忙取出一看，绿叶憔悴，根须焦黄。阿毛说"勿碍"，立刻把它供养在家里旧有的水仙花盆中，又放些白糖在水里。幸而果然勿碍，过了几天它又欣欣向荣了。是为第一次遭的旱灾。

第二次遭的是水灾，其情形是这样：家里的水仙花盆中，原有许多色泽很美丽的雨花台石子。有一天早晨，被

万物可爱
丰子恺写给孩子的散文

孩子们发现了，水仙花就遭殃：他们说石子里统是灰尘，埋怨阿毛不先将石子洗净，就代替他做这番工作。他们把水仙花拔起，暂时养在脸盆里，把石子倒在另一脸盆里，掇到墙角的太阳光中，给它们一一洗刷。雨花台石子浸着水，映着太阳光，光泽、色彩、花纹，都很美丽。有几颗可以使人想象起"通灵宝玉"来。看的人越聚越多，孩子们尤多，女孩子最热心。她们把石子照形状分类，照色彩分类，照花纹分类；然后品评其好坏，给每块石子打起分数来；最后又利用其形色，用许多石子拼起图案来。图案拼好，她们自去吃年糕了！年糕吃好，她们又去踢毽子了；毽子踢好，她们又去散步了。直到晚上，阿毛在墙角发现了石子的图案，叫道："咦，水仙花哪里去了？"东寻西找，发现它横卧在花台边上的脸盆中，浑身浸在水里。自晨至晚，浸了十来小时，绿叶已浸得发肿，发黑了！阿毛说："勿碍。"再叫小石子给它扶持，坐在水仙花盆中。是为第二次遭的水灾。

第三次遭的是冻灾，其情形是这样的：水仙花在缘缘堂里住了一个多月。其间春寒太甚，患难迭起。其生机被这些天灾人祸所阻抑，始终不能开花。直到我要离开缘缘堂的前一天，它还是含苞未放。我此去预定暮春回来，不见它开

第二辑 生灵万物
——孩子最能见到事物的本相

花又不甘心,以问阿毛。阿毛说:"用绳子穿好,提了去!这回不致忘记了。"我赞成。于是水仙花倒悬在阿毛的手里旅行了。它到了我的寓中,仍旧坐在原配的盆里。雨水过了,不开花。惊蛰过了,又不开花。阿毛说:"不晒太阳的原故。"就掇到阳台上,请它晒太阳。今年春寒殊甚,阳台上虽有太阳光,同时也有料峭的东风,使人立脚不住。所以人都闭居在室内,从不走到阳台上去看水仙花。房间内少了一盆水仙花也没有人查问。直到次日清晨,阿毛叫了:"啊哟!昨晚水仙花没有拿进来,冻杀了!"一看,盆内的水连底冻,敲也敲不开;水仙花里面的水分也冻,其鳞茎冻得像一块白石头,其叶子冻得像许多翡翠条。赶快拿进来。放在火炉边。久之久之,盆里的水溶了,花里的水也溶了;但是叶子很软,一条一条弯下来,叶尖儿垂在水面。阿毛说"乌者①。"我觉得的确有些儿"乌",但是看它的花蕊还是笔挺地立着,想来生机没有完全丧尽,还有希望。以问阿毛,阿毛摇头,随后说:"索性拿到灶间里去,暖些,我也可以常常顾到。"我赞成。垂死的水仙花就被从房中移到灶间。是为第三次遭的冻灾。

---

①乌者:糟了之意。——编者注

谁说水仙花清？它也像普通人一样，需要烟火气的。自从移入灶间之后，叶子渐渐抬起头来，花苞渐渐展开。今天花儿开得很好了！阿毛送它回来，我见了心中大快。此大快非仅为水仙花。人间的事，只要生机不灭，即使重遭天灾人祸，暂被阻抑，终有抬头的日子。个人的事如此，家庭的事如此，国家、民族的事也如此。

一九三六年三月作

梧桐树①

寓楼的窗前有好几株梧桐树。这些都是邻家院子里的东西,但在形式上是我所有的。因为它们和我隔着适当的距离,好像是专门种给我看的。它们的主人,对于它们的局部状态也许比我看得清楚;但是对于它们的全体容貌,恐怕始终没看清楚呢。因为这必须隔着相当的距离方才看见。唐人诗云:"山远始为容。"我以为树亦如此。自初夏至今,这几株梧桐树在我面前浓妆淡抹,显出了种种的容貌。

当春尽夏初,我眼看见新桐初乳的光景。那些嫩黄的小

---

① 本篇曾载于1935年12月16日《宇宙风》。——编者注

万物可爱
丰子恺写给孩子的散文

叶子一簇簇地顶在秃枝头上,好像一堂树灯,又好像小学生的剪贴图案,布置均匀而带幼稚气。植物的生叶,也有种种技巧:有的新陈代谢,瞒过了人的眼睛而在暗中偷换青黄。有的微乎其微,渐乎其渐,使人不觉察其由秃枝变成绿叶。只有梧桐树的生叶,技巧最为拙劣,但态度最为坦白。它们的枝头疏而粗,它们的叶子平而大。叶子一生,全树显然变容。

在夏天,我又眼看见绿叶成阴的光景。那些团扇大的叶片,长得密密层层,望去不留一线空隙,好像一个大绿障,又好像图案画中的一座青山。在我所常见的庭院植物中,叶子之大,除了芭蕉以外,恐怕无过于梧桐了。芭蕉叶形状虽大,数目不多,那丁香结要过好几天才展开一张叶子来,全树的叶子寥寥可数。梧桐叶虽不及它大,可是数目繁多。那猪耳朵一般的东西,重重叠叠地挂着,一直从低枝上挂到树顶。窗前摆了几枝梧桐,我觉得绿意实在太多了。古人说"芭蕉分绿上窗纱",眼光未免太低,只是阶前窗下的所见而已。若登楼眺望,芭蕉便落在眼底,应见"梧桐分绿上窗纱"了。

第二辑　生灵万物
——孩子最能见到事物的本相

　　一个月以来，我又眼看见梧桐叶落的光景。样子真凄惨呢！最初绿色黑暗起来，变成墨绿；后来又由墨绿转成焦黄；北风一吹，它们大惊小怪地闹将起来，大大的黄叶便开始辞枝——起初突然地落脱一两张来，后来成群地飞下一大批来，好像谁从高楼上丢下来的东西。枝头渐渐地虚空了，露出树后面的房屋来，终于只剩几根枝条，回复了春初的面目。这几天它们空手站在我的窗前，好像曾经娶妻生子而家破人亡了的光棍，样子怪可怜的！我想起了古人的诗："高高山头树，风吹叶落去。一去数千里，何当还故处？"现在倘要搜集它们的一切落叶来，使它们一齐变绿，重还故枝，回复夏日的光景，即使仗了世间一切支配者的势力，尽了世间一切机械的效能，也是不可能的事了！回黄转绿世间多，但象征悲哀的莫如落叶，尤其是梧桐的落叶落花也曾令人悲哀。但花的寿命短促，犹如婴儿初生即死，我们虽也怜惜他，但因对他关系未久，回忆不多，因之悲哀也不深。叶的寿命比花长得多，尤其是梧桐的叶，自初生至落尽，占有大半年之久，况且这般繁茂，这般盛大！眼前高厚浓重的几堆大绿，一朝化为乌有！"无常"的象征，莫大于此了！

　　但它们的主人，恐怕没有感到这种悲哀。因为他们虽然种植了它们，所有了它们，但都没有看见上述的种种光景。他们只是坐在窗下瞧瞧它们的根干，站在阶前仰望它们的枝叶，为它们扫扫落叶而已，何从看见它们的容貌呢？何从感到它们的象征呢？可知自然是不能被占有的。可知艺术也是不能被占有的。

一九三五年十一月二十八日夜作

第三辑 美的心灵
——用孩童之心感受生命的温度

天地间最健全的心眼,只是孩子们的所有物,
世间事物的真相,只有孩子们能最明确、最完全地见到。

忆儿时[1]

一

我回忆儿时,有三件不能忘却的事。

第一件是养蚕。那是我五六岁时、我祖母在日的事。我祖母是一个豪爽而善于享乐的人。良辰佳节不肯轻轻放过。养蚕也每年大规模地举行。其实,我长大后才晓得,祖母的养蚕并非专为图利,叶贵的年头常要蚀本,然而她喜欢这暮春的点缀,故每年大规模地举行。我所喜欢的,最初是蚕落地铺。那时我们的三开间的厅上、地上统是蚕,架着经纬的

---

[1] 本篇曾载于《小说月报》1927年6月10日第18卷第6号。——编者注

万物可爱
丰子恺写给孩子的散文

跳板，以便通行及饲叶。蒋五伯挑了担到地里去采叶，我与诸姐跟了去，去吃桑葚。蚕落地铺的时候，桑椹已很紫而甜了，比杨梅好吃得多。我们吃饱之后，又用一张大叶做一只碗，采了一碗桑葚，跟了蒋五伯回来。蒋五伯饲蚕，我就以走跳板为戏乐，常常失足翻落地铺里，压死许多蚕宝宝，祖母忙喊蒋五伯抱我起来，不许我再走。然而这满屋的跳板，像棋盘街一样，又很低，走起来一点也不怕，真是有趣。这真是一年一度的难得的乐事！所以虽然祖母禁止，我总是每天要去走。

蚕上山之后，全家静默守护，那时不许小孩子们吵了，我暂时感到沉闷。然而过了几天，采茧，做丝，热闹的空气又浓起来了。我们每年照例请牛桥头七娘娘来做丝。蒋五伯每天买枇杷和软糕来给采茧、做丝、烧火的人吃。大家认为现在是辛苦而有希望的时候，应该享受这点心，都不客气地取食。我也无功受禄地天天吃多量的枇杷与软糕，这又是乐事。

七娘娘做丝休息的时候，捧了水烟筒，伸出她左手上的短少半段的小指给我看，对我说：做丝的时候，丝车后面，是万万不可走近去的。她的小指，便是小时候不留心被丝车

第三辑 美的心灵
——用孩童之心感受生命的温度

轴棒轧脱的。她又说："小囡囡不可走近丝车后面去，只管坐在我身旁，吃枇杷，吃软糕。还有做丝做出来的蚕蛹，叫妈妈油炒一炒，真好吃哩！"然而我始终不要吃蚕蛹，大概是我爸爸和诸姐都不要吃的缘故。我所乐的，只是那时候家里的非常的空气。日常固定不动的堂窗、长台、八仙椅子，都收拾去，而变成不常见的丝车、匾、缸，又不断地公然地可以吃小食。

丝做好后，蒋五伯口中唱着"要吃枇杷，来年蚕罢"，收拾丝车，恢复一切陈设。我感到一种兴尽的寂寥。然而对于这种变换，倒也觉得新奇而有趣。

现在我回忆这儿时的事，常常使我神往！祖母、蒋五伯、七娘娘和诸姐都像童话里、戏剧里的人物了。且在我看来，他们当时这剧的主人公便是我。何等甜美的回忆！只是这剧的题材，现在我仔细想想觉得不好：养蚕做丝，在生计上原是幸福的，然其本身是数万的生灵的杀虐！《西青散记》里面有两句仙人的诗句："自织藕丝衫子嫩，可怜辛苦救春蚕。"安得人间也发明织藕丝的丝车，而尽救天下的春蚕的性命！

我七岁上祖母死了,我家不复养蚕。不久父亲与诸姐弟相继死亡,家道衰落了,我的幸福的儿时也过去了。因此这回忆一面使我永远神往,一面又使我永远忏悔。

二

第二件不能忘却的事,是父亲的中秋赏月,而赏月之乐的中心,在于吃蟹。

我的父亲中了举人之后,科举就废,他无事在家,每天吃酒,看书。他不要吃羊、牛、猪肉,而喜欢吃鱼、虾之类。而对于蟹,尤其喜欢。自七八月起直到冬天,父亲平日的晚酌规定吃一只蟹,一碗隔壁豆腐店里买来的开锅热豆腐干。他的晚酌,时间总在黄昏。八仙桌上一盏洋油灯,一把紫砂酒壶,一只盛热豆腐干的碎瓷盖碗,一把水烟筒,一本书,桌子角上一只端坐的老猫,我脑中这印象非常深刻,到现在还可以清楚地浮现出来,我在旁边看,有时他给我一只蟹脚或半块豆腐干。然我喜欢蟹脚。蟹的味道真好,我们五个姊妹兄弟,都喜欢吃,也是为了父亲喜欢吃的缘故。只有母亲与我们相反,喜欢吃肉,而不喜欢又不会吃蟹,吃的时候常常被蟹螯上的刺刺开手指,出血;而且抉剔得很不干

第三辑 美的心灵
——用孩童之心感受生命的温度

净,父亲常常说她是外行。父亲说:吃蟹是风雅的事,吃法也要内行才懂得。先折蟹脚,后开蟹斗……脚上的拳头(即关节)里的肉怎样可以吃干净,脐里的肉怎样可以剔出……脚爪可以当作剔肉的针……蟹螯上的骨头可以拼成一只很好看的蝴蝶……父亲吃蟹真是内行,吃得非常干净。所以陈妈妈说:"老爷吃下来的蟹壳,真是蟹壳。"

蟹的储藏所,就在天井角落里的缸里,经常总养着十来只。到了七夕、七月半、中秋、重阳等节候上,缸里的蟹就满了,那时我们都有得吃,而且每人得吃一大只,或一只半。尤其是中秋一天,兴致更浓。在深黄昏,移桌子到隔壁的白场①上的月光下面去吃。更深人静,明月底下只有我们一家的人,恰好围成一桌,此外只有一个供差使的红英坐在旁边。大家谈笑,看月亮,他们——父亲和诸姐——直到月落时光,我则半途睡去,与父亲和诸姐不分而散。

这原是为了父亲嗜蟹,以吃蟹为中心而举行的。故这种夜宴,不仅限于中秋,有蟹的季节里的月夜,无端也要举行数次。不过不是良辰佳节,我们少吃一点,有时两人分吃

---

①白场:家门前空的场地,是作者家乡方言。——编者注

一只。我们都学父亲，剥得很精细，剥出来的肉不是立刻吃的，都积受在蟹斗里，剥完之后，放一点姜醋，拌一拌，就作为下饭的菜，此外没有别的菜了。因为父亲吃菜是很省的，而且他说蟹是至味，吃蟹时混吃别的菜肴，是乏味的。我们也学他，半蟹斗的蟹肉，过两碗饭还有余，就可得父亲的称赞，又可以白口吃下余多的蟹肉，所以大家都勉力节省。现在回想那时候，半条蟹腿肉要过两大口饭，这滋味真好！自父亲死了以后，我不曾再尝这种好滋味。现在，我已经自己做父亲，况且已经茹素，当然永远不会再尝这滋味了。唉！儿时欢乐，何等使我神往！

然而这一剧的题材，仍是生灵的杀虐！因此这回忆一面使我永远神往，一面又使我永远忏悔。

三

第三件不能忘却的事，是与隔壁豆腐店里的王囡囡的交游，而这交游的中心，在于钓鱼。

那是我十二三岁时的事，隔壁豆腐店里的王囡囡是当时我的小侣伴中的大阿哥。他是独子，他的母亲、祖母和大

第三辑 美的心灵
——用孩童之心感受生命的温度

伯,都很疼爱他,给他很多的钱和玩具,而且每天放任他在外游玩。他家与我家贴邻而居。我家的人们每天赴市,必须经过他家的豆腐店的门口,两家的人们朝夕相见,互相来往。小孩们也朝夕相见,互相来往。此外他家对于我家似乎还有一种邻人以上的深切的交谊,故他家的人对于我特别要好,他的祖母常常拿自产的豆腐干、豆腐衣等来送给我父亲下酒。同时在小侣伴中,王囡囡也特别和我要好。他的年纪比我大,气力比我好,生活比我丰富,我们一道游玩的时候,他时时引导我,照顾我,犹似长兄对于幼弟。我们有时就在我家的染坊店里的榻上玩耍,有时相偕出游。他的祖母每次看见我俩一同玩耍,必叮嘱囡囡好好看待我,勿要相骂。我听人说,他家似乎曾经患难,而我父亲曾经帮他们忙,所以他家大人们吩咐王囡囡照应我。

我起初不会钓鱼,是王囡囡教我的。他叫他大伯买两副钓竿,一副送我,一副他自己用。他到米桶里去捉许多米虫,浸在盛水的罐头里,领了我到木场桥头去钓鱼。他教给我看,先捉起一个米虫来,把钓钩由虫尾穿进,直穿到头部。然后放下水去。他又说:"浮珠一动,你要立刻拉,那么钩子钩住鱼的颚,鱼就逃不脱。"我照他所教的试验,果然第一天钓了十几头白条,然而都是他帮我拉钓竿的。

第二天,他手里拿了半罐头扑杀的苍蝇,又来约我去钓鱼。途中他对我说:"不一定是米虫,用苍蝇钓鱼更好。鱼喜欢吃苍蝇!"这一天我们钓了一小桶各种的鱼。回家的时候,他把鱼桶送到我家里,说他不要。我母亲就叫红英去煎一煎,给我下晚饭。

自此以后,我只管欢喜钓鱼。不一定要王囡囡陪去,自己一人也去钓,又学得了掘蚯蚓来钓鱼的方法。而且钓来的鱼,不仅够自己下晚饭,还可送给店里的人吃,或给猫吃。我记得这时候我的热心钓鱼,不仅出于游戏欲,又有几分功利的兴味在内。有三四个夏季,我热心于钓鱼,给母亲省了不少的菜蔬钱。

后来我长大了,赴他乡入学,不复有钓鱼的工夫。但在书中常常读到赞咏钓鱼的文句,例如什么"独钓寒江雪",什么"渔樵度此身",才知道钓鱼原来是很风雅的事。后来又晓得有所谓"游钓之地"的美名称,是形容人的故乡的。我大受其煽惑,为之大发牢骚:我想"钓鱼确是雅的,我的故乡,确是我的游钓之地,确是可怀的故乡"。但是现在想想，不幸而这题材也是生灵的杀虐!

我的黄金时代很短，可怀念的又只有这三件事。不幸而都是杀生取乐，都使我永远忏悔。

一九二七年梅雨时节①

---

① 日期为本文在《小说月报》发表时所署。——编者注

华瞻的日记

一

隔壁二十三号里的郑德菱,这人真好!今天妈妈抱我到门口,我看见她在水门汀上骑竹马。她对我一笑,我分明看出这一笑是叫我去一同骑竹马的意思。我立刻还她一笑,表示我极愿意,就从母亲怀里走下来,同她一同骑竹马了。两人同骑一枝竹马。我想转弯了,她也同意;我想走远一点,她也欢喜;她说让马儿吃点草,我也高兴;她说把马儿系在冬青上,我也觉得有理。我们真是同志和朋友!兴味正好的时候,妈妈出来拉住我的手,叫我去吃饭。我说:"不高兴。"妈妈说:"郑德菱也要去吃饭了!"果然郑德菱的哥哥叫着"德菱!"也走出来拉住郑德菱的手去了。我只得跟

儿童散学归来早
忙趁东风放纸鸢

买粽子

第三辑 美的心灵
——用孩童之心感受生命的温度

了妈妈进去,当我们将走进各自的门口的时候,她回头向我一看,我也回头向她一看,各自进去,不见了。

我实在无心吃饭。我晓得她一定也无心吃饭。不然,何以分别的时候她不对我笑,且脸上很不高兴呢?我同她在一块,真是说不出的有趣。吃饭何必急急?即使要吃,尽可在空的时候吃。其实照我想来,像我们这样的同志,天天在一块吃饭,在一块睡觉,多好呢?何必分作两家?即使要分作两家,反正爸爸同郑德菱的爸爸很要好,妈妈也同郑德菱的妈妈常常谈笑,尽可你们大人作一块,我们小孩子作一块,不更好么?

这"家"的分配法,不知是谁定的,真是无理之极了。想来总是大人们弄出来的。大人们的无理,近来我常常感到,不止这一端:那一天爸爸同我到先施公司去,我看见地上放着许多小汽车、小脚踏车,这分明是我们小孩子用的;但是爸爸一定不肯给我拿一部回家,让它许多空摆在那里。回来的时候,我看见许多汽车停在路旁;我要坐,爸爸一定不给我坐,让它们空停在路旁。又有一次,娘姨抱我到街里去,一个挎着许多小花篮的老太婆,口中吹着笛子,手里拿着一只小花篮,向我看,把手中的花篮递给我;然而娘姨一定不要,急忙抱我走开去。这种小花篮,原是小孩子玩的。况且那老太婆明明表示愿意给我。娘姨何以一定叫我不要接呢?娘姨也无理,这大概是爸爸教她的。

我最欢喜郑德菱。她同我站在地上一样高,走路也一样快,心情志趣都完全投合。宝姐姐或郑德菱的哥哥,有些不近情的态度,我看他们不懂。大概是他们身体长大,稍近于大人,所以心情也稍像大人的无理了。宝姐姐常常要说我"痴"。我对爸爸说,要天不下雨,好让郑德菱出来,宝姐姐就用指点着我,说:"瞻瞻痴!"怎么叫"痴"?你每天不来同我玩耍,夹了书包到学校里去,难道不是"痴"吗?爸爸整天坐在桌子前,在文章格子上一格一格地填字,难道不是"痴"吗?天下雨,不能出去玩,不是讨厌的吗?我要天不要下雨,正是近情合理的要求。我每天晚快听见你要爸爸开电灯,爸爸给你开了,满房间就明亮,现在我也要爸爸叫天不下雨,爸爸给我做了,晴天岂不也爽快呢?你何以说我"痴"?郑德菱的哥哥虽然没有说我什么,然而我总讨厌他。我们玩耍的时候,他常常板起脸,来拉郑德菱,说"赤了脚到人家家里,不怕难为情"!又说"吃人家的面包,不怕难为情"!立刻拉了她去。"难为情"是大人们惯说的话,大人们常常不怕厌气,端坐在椅子里,点头,弯腰,说

第三辑 美的心灵
——用孩童之心感受生命的温度

什么"请,请""对不起""难为情"一类的无聊的话。他们都有点像大人了!

啊!我很少知己者!我很寂寞!母亲常常说我"会哭",我哪得不哭呢?

二

今天我看见一种奇怪的现状:

吃过糖粥。妈妈抱我走到吃饭间里的时候,我看见爸爸身上披一块大白布,垂头丧气地朝外坐在椅子上,一个穿黑长衫的麻脸的陌生人,拿一把闪亮的小刀,竟在爸爸后头颈里用劲地割。啊哟!这是何等奇怪的现状!大人们的所为,真是越看越稀奇了!爸爸何以甘心被这麻脸的陌生人割呢?痛不痛呢?

更可怪的,妈妈抱我走到吃饭间里的时候,她明明也看见这爸爸被割的骇人的现状。然而她竟毫不介意,同没有看见一样。宝姐姐夹了书包从天井里走进来,我想她见了一定要哭。谁知她只叫一声"爸爸",向那可怕的麻子一看,就全不经意地到房间里去挂书包了。前天爸爸自己把手指割开了,他不是大叫"妈妈",立刻去拿棉花和纱布来吗?今天这可怕的麻子咬紧了牙齿割爸爸的头,何以妈妈和宝姐姐都不管呢?我真不解了。可恶的,是那麻子。他耳朵上还夹着一支香烟,同爸爸夹铅笔一样。他一定是没有铅笔的人,一定是坏人。

后来爸爸挺起眼睛叫我:"华瞻!你也来剃头,好否?"

爸爸叫过之后,那麻子就抬起头来,向我一看,露出一颗闪亮的金牙齿来。我不懂爸爸的话是什么意思,我真怕极了。我忍不住抱住妈妈的项颈而哭了。这时候妈妈、爸爸和那个麻子说了许多话,我都听不清楚,又不懂。只听见"剃头""剃头",不知是什么意思。我哭了,母亲就抱我由天井里走出门外。走到门边的时候,我偷眼向里边一望,从窗缝窥见那麻子又咬紧牙齿,在割爸爸的耳朵了。

门外有学生在抛球,有兵在体操,有火车开过。妈妈叫我不要哭,叫我看火车。我悬念着门内的怪事,没心情去看风景,我恨那麻子,这一定不是好人,我想对妈妈说,拿棒去打他。然而我终于不说。因为据我的经验,大人们的意

第三辑 美的心灵
——用孩童之心感受生命的温度

见往往与我相左。他们往往不讲道理,硬要我吃最不好吃的"药",硬要我做最难当的"洗脸",或坚不许我弄最有趣的水、最好看的火。今天的怪事,他们对之都漠然,意见一定又是与我相左的。我若提议去打,一定不被赞成。横竖拗不过他们,算了吧。我只有哭!最可怪的,平常同情于我的弄水弄火的宝姐姐,今天也跳出门来笑我,跟了妈妈说我"痴子"。我只有独自哭!有谁同情于我的哭呢?

到妈妈抱了我回进来的时候,我才仰起头,预备再看一看,这怪事怎么样了?那可恶的麻子还在否?谁知一跨进墙门槛,就听见"拍,拍"的声音。走进吃饭间,我看见那麻子正用拳头打爸爸的背。"拍,拍"的声音,正是打的声音。可见他一定是用力打的,爸爸一定很痛。然而爸爸何以任他打呢?母亲何以又不管呢?我又哭。母亲急急地抱我到房间里,对娘姨讲些话,两人都笑起来,都对我讲了许多话。然而我还听见隔壁打人的"拍,拍"的声音,无心去听她们的话。

爸爸不是说过"打人是最不好的事"吗?那一天软软不肯给我香烟牌子,我打了她一掌,爸爸曾经骂我,说我不好;还有那一天我打碎了寒暑表,妈妈打了我一下屁股,爸爸立刻抱我,对妈妈说"打不行"。何以今天那麻子在打爸爸,大家不管呢?我继续哭,我在妈妈的怀里睡去了。

我醒来,看见爸爸坐在披雅娜①旁边,似乎无伤,耳朵也没有割去,不过头很光白,像和尚了。我见了爸爸,立刻想起了睡前的怪事,然而他们——爸爸妈妈等——仍是毫不介意,绝不谈起。我一回想,心中非常恐怖又疑惑。明明是爸爸被割头颈,割耳朵,又被用拳头打,大家却置之不问,任我一个人恐怖又疑惑。唉!有谁同情于我的恐怖?有谁为我解释这疑惑呢?

一九二六年作②

---

①披雅娜:英文piano的译音,中文译为钢琴。——编者注
②此篇文章应为一九二七年作。——编者注

我的母亲[1]

中国文化馆要我写一篇《我的母亲》,并寄我母亲的照片一张。照片我有一张四寸的肖像,一向挂在我的书桌的对面。已有放大的挂在堂上,这一张小的不妨送人。但是《我的母亲》一文从何处说起呢?看看母亲的肖像,想起了母亲的坐姿。母亲生前没有摄取坐像的照片,但这姿态清楚地摄入在我脑海中的底片上,不过没有晒出。现在就用笔墨代替显影液和定影液,把我母亲的坐像晒出来吧:

我的母亲坐在我家老屋的西北角里的八仙椅子上,眼睛里发出严肃的光辉,口角上表出慈爱的笑容。

---

[1] 原载《我的母亲》,中国文化馆香港馆,1948年9月版。——编者注

万物可爱
丰子恺写给孩子的散文

　　老屋的西北角里的八仙椅子，是母亲的老位子。从我小时候直到她逝世前数月，母亲空下来总是坐在这把椅子上，这是很不舒服的一个座位：我家的老屋是一所三开间的楼厅，右边是我的堂兄家，左边一间是我的堂叔家，中央一间是我家。但是没有板壁隔开，只拿在左右的两排八仙椅子当作三份人家的界限。所以母亲坐的椅子，背后凌空。若是沙发椅子，三面是柔软的厚壁，凌空原无妨碍。但我家的八仙椅子是木造的，坐板和靠背呈九十度角，靠背只是疏疏的几根木条，其高只及人的肩膀。母亲坐着没处搁头，很不安稳。母亲又防椅子的脚摆在泥土上要霉烂，用二三寸高的木座子衬在椅子脚下，因此这只八仙椅子特别高，母亲坐上去两脚须得挂空，很不便利。所谓西北角，就是左边最里面的一只椅子。这椅子的里面就是通过退堂的门。退堂里就是灶间。母亲坐在椅子上向里面顾，可以看见灶头。风从里面吹出的时候，烟灰和油气都吹在母亲身上，很不卫生。堂前隔着三四尺阔的一条天井便是墙门。墙外面便是我们的染坊店。母亲坐在椅子里向外面望，可以看见杂沓往来的顾客，听到沸翻盈天的市井声，很不清静。但我的母亲一向坐在我家老屋西北角里的这样不安稳、不便利、不卫生、不清静的一只八仙椅子上，眼睛发出严肃的光辉，口角上表出慈爱的笑容。母亲为什么老是坐在这样不舒服的椅子里呢？因为这

第三辑　美的心灵
——用孩童之心感受生命的温度

位子在我家中最为冲要。母亲坐在这位子里可以顾到灶上，又可以顾到店里。母亲为要兼顾内外，便顾不到座位的安稳不安稳，便利不便利，卫生不卫生，和清静不清静了。

我四岁时，父亲中了举人，同年祖母逝世，父亲丁艰①在家，郁郁不乐，以诗酒自娱，不管家事，丁艰终而科举废，父亲就从此隐遁。这期间家事店事，内外都归母亲一人兼理。我从书堂出来，照例走向坐在西北角里的椅子上的母亲的身边，向她讨点东西吃吃。母亲口角上表出亲爱的笑容，伸手除下挂在椅子头顶的"饿杀猫篮②"，拿起饼饵给我吃；同时眼睛里发出严肃的光辉，给我几句勉励。

我九岁的时候，父亲遗下了母亲和我们姐弟六人，薄田数亩和染坊店一间而逝世。我家内外一切责任全部归母亲负担。此后她坐在那椅子上的时间愈加多了。工人们常来坐在里面的凳子上，同母亲谈家事；店伙们常来坐在外面的椅子上，同母亲谈店事；父亲的朋友和亲戚邻人常来坐在对面的

---

①丁艰：遭逢父母的丧事。——编者注
②饿杀猫篮：土话，一种用竹篾编织而成的、四周镂空的有盖竹篮，菜碗放在这种篮子中，悬空挂在屋顶上吊下来的钩子上，猫是偷吃不了的。——编者注

椅子上，同母亲交涉或应酬。我从学堂里放假回家，又照例走向西北角里的椅子边，同母亲讨个铜板。有时这四班人同时来到，使得母亲招架不住，于是她用了眼睛的严肃的光辉来命令，警戒，或交涉；同时又用了口角上的慈爱的笑容来劝勉，抚爱，或应酬。当时的我看惯了这种光景，以为母亲是天生成坐在这只椅子上的，而且天生成有四班人向她缠绕不清的。

我十七岁离开母亲，到远方求学。临行的时候，母亲眼睛里发出严肃的光辉，诫告我待人接物求学立身的大道；口角上表出慈爱的笑容，关照我起居饮食一切的细事。她给我准备学费，她给我置备行李，她给我制一罐猪油炒米粉，放在我的网篮里；她给我做一个小线板，上面插两只引线放在我的箱子里，然后送我出门。放假归来的时候，我一进店门，就望见母亲坐在西北角里的八仙椅子上。她欢迎我归家，口角上表出慈爱的笑容，她探问我的学业，眼睛里发出严肃的光辉。晚上她亲自上灶，烧些我所爱吃的菜蔬给我吃，灯下她详询我的学校生活，加以勉励，教训，或责备。

我廿二岁毕业后，赴远方服务，不克依居母亲膝下，唯假期归省。每次归家，依然看见母亲坐在西北角里的椅子上，眼睛里发出严肃的光辉，口角上表现出慈爱的笑容。她

第三辑 美的心灵
——用孩童之心感受生命的温度

像贤主一般招待我,又像良师一般教训我。

我三十岁时,弃职归家,读书著述奉母。母亲还是每天坐在西北角里的八仙椅子上,眼睛里发出严肃的光辉,口角上表出慈爱的笑容。只是她的头发已由灰白渐渐转成银白了。

我三十三岁时,母亲逝世。我家老屋西北角里的八仙椅子上,从此不再有我母亲坐着了。然而我每逢看见这只椅子的时候,脑际一定浮出母亲的坐像——眼睛里发出严肃的光辉,口角上表出慈爱的笑容。她是我的母亲,同时又是我的父亲。她以一身任严父兼慈母之职而训诲我抚养我,从我呱呱坠地的时候直到三十三岁,不,直到现在。

陶渊明诗云:"昔闻长者言,掩耳每不喜。"我也犯这个毛病;我曾经全部接受了母亲的慈爱,但不会全部接受她的训诲。所以现在我每次在想象中瞻望母亲的坐像,对于她口角上的慈爱的笑容觉得十分感谢,对于她眼睛里的严肃的光辉,觉得十分恐惧。这光辉每次给我以深刻的警惕和有力的勉励。

一九三七年二月廿八日

儿女

回想四个月以前,我犹似押送囚犯,突然地把小燕子似的一群儿女从上海的租寓中拖出,载上火车,送回乡间,关进低小的平屋中。自己仍回到上海的租界中,独居了四个月。这举动究竟出于什么旨意,本于什么计划,现在回想起来,连自己也不相信。其实旨意与计划,都是虚空的,自骗自扰的,实际于人生有什么利益呢?只赢得世故尘劳,做弄几番欢愁的感情,增加心头的创痕罢了!

当时我独自回到上海,走进空寂的租寓,心中不绝地浮起这两句《楞严》经文:"十方虚空在汝心中,犹如白云点太清里,况诸世界在虚空耶!"

第三辑　美的心灵
——用孩童之心感受生命的温度

晚上整理房室，把剩在灶间里的篮钵、器皿、余薪、余米，以及其他三年来寓居中所用的家常零星物件，尽行送给来帮我做短工的、邻近的小店里的儿子。只有四双破旧的小孩子的鞋子（不知为什么缘故），我不送掉，拿来整齐地摆在自己的床下，而且后来看到的时候常常感到一种无名的愉快。直到好几天之后，邻居的友人过来闲谈，说起这床下的小鞋子阴气迫人，我方始悟到自己的痴态，就把它们拿掉了。

朋友们说我关心儿女。我对于儿女的确关心，在独居中更常有悬念的时候。但我自以为这关心与悬念中，除了本能以外，似乎尚含有一种更强的加味。所以我往往不顾自己的画技与文笔的拙陋，动辄描摹。因为我的儿女都是孩子们，最年长的不过九岁，所以我对于儿女的关心与悬念中，有一部分是对于孩子们——普天下的孩子们——的关心与悬念。他们成人以后我对他们怎样？现在自己也不能晓得，但可推知其一定与现在不同，因为不复含有那种加味了。

回想过去四个月的悠闲宁静的独居生活，在我也颇觉得可恋，又可感谢。然而一旦回到故乡的平屋里，被围在一群儿女的中间的时候，我又不禁自伤了。因为我那种生活，或枯坐,默想,或钻研,搜求,或敷衍,应酬,比较起他们的天真、健全、活跃的生活来,明明是变态的,病的,残废的。

有一个炎夏的下午,我回到家中了。第二天的傍晚,我领了四个孩子——九岁的阿宝、七岁的软软、五岁的瞻瞻、三岁的阿韦——到小院中的槐荫下,坐在地上吃西瓜。夕暮的紫色中,炎阳的红味渐渐消减,凉夜的青味渐渐加浓起来。微风吹动孩子们的细丝一般的头发,身体上汗气已经全消,百感畅快的时候,孩子们似乎已经充溢着生的欢喜,非发泄不可了。最初是三岁的孩子的音乐的表现,他满足之余,笑嘻嘻摇摆着身子,口中一面嚼西瓜,一面发出一种像花猫偷食时候的"ngam ngam"的声音来。这音乐的表现立刻唤起了五岁的瞻瞻的共鸣,他接着发表他的诗:"瞻瞻吃西瓜,宝姐姐吃西瓜,软软吃西瓜,阿韦吃西瓜。"这诗的表现又立刻引起了七岁与九岁的孩子的散文的、数学的兴味:他们立刻把瞻瞻的诗句的意义归纳起来,报告其结果:"四个人吃四块西瓜。"

于是我就做了评判者,在自己心中批判他们的作品。我觉得三岁的阿韦的音乐的表现最为深刻而完全,最能全般表出他的欢喜的感情。五岁的瞻瞻把这欢喜的感情翻译为（他的）诗，已打了一个折扣；然尚带着节奏与旋律的分子，犹有活跃的生命流露着。至于软软与阿宝的散文的、数学的、概念的表现，比较起来更肤浅一层。然而看他们的态度全部精神没入在吃西瓜的一事中，其明慧的心眼，比大人们所见的完全得多。天地间最健全者的心眼，只是孩子们的所有物，世间事物的真相，只有孩子们能最明确、最完全地见到。我比起他们来，真的心眼已经被世智尘劳所蒙蔽，所斫丧，是一个可怜的残废者了。我实在不敢受他们"父亲"的称呼，倘然"父亲"是尊崇的。

我在平屋的南窗下暂设一张小桌子，上面按照一定的秩序而布置着稿纸、信笺、笔砚、墨水瓶、浆糊瓶、时表和茶盘等，不喜欢别人来任意移动，这是我独居时的惯癖。我——我们大人——平常的举止，总是谨慎，细心，端详，斯文。例如磨墨，放笔，倒茶等，都小心从事，故桌上的布置每日依然，不致破坏或扰乱。因为我的手足的筋觉已经由于屡受物理的教训而深深地养成一种谨惕的惯性了。然而孩子们一爬到我的案上，就捣乱我的秩序，破坏我的桌上的构图，毁损我的器物。他们拿起自来水笔来一挥，洒了一桌子又一衣襟的墨水点；又把笔尖蘸在浆糊瓶里。他们用劲拔开毛笔的铜笔套,手背撞翻茶壶,壶盖打碎在地板上……这在当时实在使我不耐烦,我不免哼喝他们,夺脱他们手里的东西,甚至批他们的小颊。然而我立刻后悔:哼喝之后立刻继之以笑,夺了之后立刻加倍奉还,批颊的手在中途软却,终于变批为抚。因为我立刻自悟其非:我要求孩子们的举止同我自己一样,何其乖谬!我——我们大人——的举止谨惕,是为了身体手足的筋觉已经受了种种现实的压迫而痉挛了的缘故。孩子们尚保有天赋的健全的身手与真朴活跃的元气,岂像我们的穷屈?揖让、进退、规行、矩步等大人们的礼貌,犹如刑具,都是戕贼这天赋的健全的身手的。于是活跃的人逐渐变成了手足麻痹、半身不遂的残废者。残废者要求健全者的举止同他自己一样,何其乖谬!

儿女对我的关系如何?我不曾预备到这世间来做父亲,故心中常是疑惑不明,又觉得非常奇怪。我与他们(现在)完全是异世界的人,他们比我聪明、健全得多;然而他们又是我所生的儿女。这是何等奇妙的关系!世人以膝下有儿女为幸福,希望以儿女永续其自我,我实在不解他们的心理。我以为世间人与人的关系,最自然最合理的莫如朋友。君臣、父子、昆弟、夫妇之情,在十分自然合理的时候都不外乎是一种广义的友谊。所以朋友之情,实在是一切人情的基础。"朋,同类也。"并育于大地上的人,都是同类的朋友,共为大自然的儿女。世间的人,忘却了他们的大父母,而只知有小父母,以为父母能生儿女,儿女为父母所生,故儿女可以永续父母的自我,而使之永存。于是无子者叹天道之无知,子不肖者自伤其天命,而狂进杯中之物,其实天道有何厚薄于其齐生并育的儿女!我真不解他们的心理。

近来我的心为四事所占据了:天上的神明与星辰,人间的艺术与儿童,这小燕子似的一群儿女,是在人世间与我因缘最深的儿童,他们在我心中占有与神明、星辰、艺术同等的地位。

一九二八年夏作于石门湾平屋

梦痕①

我的左额上有一条同眉毛一般长短的疤。这是我儿时游戏中在门槛上跌破了头颅而结成的。相面先生说这是破相,这是缺陷。但我自己美其名曰"梦痕"。因为这是我的梦一般的儿童时代所遗留下来的唯一的痕迹。由这痕迹可以探寻我的儿童时代的美丽的梦。

我四五岁时,有一天,我家为了打送(吾乡风俗,亲戚家的孩子第一次上门来作客,辞去时,主人家必做几盘包子送他,名曰"打送")某家的小客人,母亲,姑母,婶母和诸姐们都在做米粉包子。厅屋的中间放一只大匾,匾的中

---

①本篇曾名《疤》载于《人间世》,1934年7月20日第8期。——编者注

第三辑 美的心灵
——用孩童之心感受生命的温度

央放一只大盘,盘内盛着一大堆黏土一般的米粉,和一大碗做馅用的甜甜的豆沙。母亲们大家围坐在大匾的四周。各人卷起衣袖,向盘内摘取一块米粉来,捏做一只碗的形状;挟取一筷豆沙来藏在这碗内;然后把碗口收拢来,做成一个圆子。再用手法把圆子捏成三角形,扭出三条绞丝花纹的脊梁来;最后在脊梁凑合的中心点上打一个红色的"寿"字印子,包子便做成。一圈一圈地陈列在大匾内,样子很是好看。

大家一边做,一边兴高采烈地说笑。有时说谁的做得太小,谁的做得太大;有时盛称姑母的做得太玲珑,有时笑指母亲的做得像个饼。笑语之声,充满一堂。这是一年中难得的全家欢笑的日子。而在我,做孩子们的,在这种日子更有无上的欢乐;在准备做包子时,我得先吃一碗甜甜的豆沙;做的时候,我只要吵闹一下子,母亲们会另做一只小包子来给我当场就吃。新鲜的米粉和新鲜的豆沙,热热地做出来就吃,味道是好不过的。我往往吃一只不够,再吵闹一下子就得吃第二只。倘然吃第二只还不够,我可嚷着要替她们打寿字印子。这印子是不容易打的:蘸的水太多了,打出来一塌糊涂,看不出寿字;蘸的水太少了,打出来又不清楚;况且位置要摆得正,歪了就难看;打坏了又不能揩抹涂改。

所以我嚷着要打印子，是母亲们所最怕的事。她们便会和我商量，把做圆子收口时摘下来的一小粒米粉给我，叫我"自己做来自己吃"。这正是我所盼望的主目的！开了这个例之后，各人做圆子收口时摘下来的米粉，就都得照例归我所有。再不够时还得要求向大盘中扭一把米粉来，自由捏造各种黏土手工：捏一个人，团拢了，改捏一个狗；再团拢了，再改捏一只水烟管……捏到手上的龌龊都混入其中，而雪白的米粉变成了灰色的时候，我再向她们要一朵豆沙来，裹成各种三不像的东西，吃下肚子里去。这一天因为我吵得特别厉害些，姑母做了两只小巧玲珑的包子给我吃，母亲又外加摘一团米粉给我玩。

为求自由，我不在那场上吃弄，拿了到店堂里，和五哥哥一同玩弄。五哥哥者，后来我知道是我们店里的学徒，但在当时我只知道他是我儿时的最亲爱的伴侣。他的年纪比我长，智力比我高，胆量比我大，他常做出种种我所意想不到的玩意儿来，使得我惊奇。这一天我把包子和米粉拿出去同他共玩，他就寻出几个印泥菩萨的小形的红泥印子来，教我印米粉菩萨。

后来我们争执起来，他拿了他的米粉菩萨逃。我就拿了

第三辑 美的心灵
——用孩童之心感受生命的温度

我的米粉菩萨追。追到排门旁边，我跌了一跤，额骨磕在排门槛上，磕了眼睛大小的一个洞，便晕迷不省。等到知觉的时候，我已被抱在母亲手里，外科郎中蔡德本先生，正在用布条向我的头上重重叠叠地包裹。

自从我跌伤以后，五哥哥每天乘店里空闲的时候到楼上来省问我。来时必然偷偷地从衣袖里摸出些我所爱玩的东西来——例如关在自来火匣子里的几只叩头虫，洋皮纸人头，老菱壳做成的小脚，顺治铜钿①磨成的小刀等——送给我玩，直到我额上结成这个疤。

讲起我额上的疤的来由，我的回想中印象最清楚的人物，莫如五哥哥。而五哥哥的种种可惊可喜的行状，与我的儿童时代的欢乐，也便跟了这回想而历历地浮出到眼前来。

他的行为的顽皮，我现在想起了还觉吃惊。但这种行为对于当时的我，有莫大的吸引力，使我时时刻刻追随他，自愿地做他的从者。他用手捉住一条大蜈蚣，摘去了它的有毒的钩爪，而藏在衣袖里，走到各处，随时拿出来吓人，我跟

---

①顺治铜钿：清朝顺治年间铸造的铜币。——编者注

了他走,欣赏他的把戏。他有时偷偷地把这条蜈蚣放在别人的瓜皮帽上,让它沿着那人的额骨爬下去,吓得那人直跳起来。有时怀着这条蜈蚣去登坑,等候邻席的登坑者正在拉粪的时候,把蜈蚣丢在他的裤子上,使得那人扭着裤子乱跳,累了满身的粪。又有时当众人面前他偷把这条蜈蚣放在自己的额上,假装被咬的样子而号啕大哭起来,使得满座的人惊惶失措,七手八脚地为他营救。在正危急存亡的时候,他伸起手来收拾了这条蜈蚣,忽然破涕为笑,一缕烟逃走了。后来这套戏法渐渐做穿,有的人警告他说,若是再拿出蜈蚣来,要打头颈拳①了。于是他换出别种花头来:他躲在门口,等候警告打头颈拳的人将走出门,突然大叫一声,倒身在门槛边的地上,乱滚乱撞,哭着嚷着,说是践踏了一条臂膀粗的大蛇,但蛇是已经窜进榻底下去了。走出门来的人被他这一吓,实在魂飞魄散;但见他的受难比他更深,也无可奈何他,只怪自己的运气不好。他看见一群人蹲在岸边钓鱼,便参加进去,和蹲着的人闲谈。同时偷偷地把其中相接近的两人的辫子梢头结住了,自己就走开,躲到远处去作壁上观。被结住的两人中若有一人起身欲去,滑稽剧就演出来给他看了,诸如此类的恶戏,不胜枚举。

---

①打头颈拳:作家家乡的方言,指打耳光。——编者注

第三辑 美的心灵
—— 用孩童之心感受生命的温度

现在回想他这种玩耍，实在近于为虐的戏谑。但当时他热心地创作，而热心地欣赏的孩子，也不止我一个。世间的严正的教育者！请稍稍原谅他的顽皮！我们的儿时，在私塾里偷偷地玩了一个折纸手工，是要遭先生用铜笔套管在额骨上猛钉几下，外加在至圣先师孔子之神位面前跪一支香的！

况且我们的五哥哥也曾用他的智力和技术来发明种种富有趣味的玩意，我现在想起了还可以神往。暮春的时候，他领我到田野去偷新蚕豆。把嫩的生吃了，而用老的来做"蚕豆水龙"。其做法，用煤头纸把老蚕豆荚熏得半熟，剪去其下端，用手一捏，荚里的两粒豆就从下端滑出，再将荚的顶端稍稍剪去一点，使成一个小孔。然后把豆荚放在水里，待它装满了水，以一手的指捏住其下端而取出来，再以另一手的指用力压榨豆荚，一条细长的水带便从豆荚的顶端的小孔内射出。制法精巧的，射水可达一二丈之远。他又教我"豆梗笛"的做法：摘取豌豆的嫩梗长约寸许，以一端塞入口中轻轻咬嚼，吹时便发嗜嗜之音，再摘取蚕豆梗的下端，长约四五寸，用指爪在梗上均匀地开几个洞，做成笛的样子。然后把豌豆梗插入这笛的一端，用两手的指随意启闭各洞而吹奏起来，其音宛如无腔之短笛。他又教我用洋蜡烛的油作种种的浇造和塑造。用芋艿或番薯镌刻种种的印版，大类现今的木版画……诸如此类的玩意,亦复不胜枚举。

　　现在我对这些儿时的乐事久已缘远了。但在说起我额上的疤的来由时,还能热烈地回忆神情活跃的五哥哥和这种兴致蓬勃的玩意儿。谁言我左额上的疤痕是缺陷?这是我的儿时欢乐的左证,我的黄金时代的遗迹。过去的事,一切都同梦幻一般地消灭,没有痕迹留存了。只有这个疤,好像是"脊杖二十,刺配军州"时打在脸上的金印,永久地明显地录着过去的事实,一说起就可使我历历地回忆前尘。仿佛我是在儿童世界的本贯地方犯了罪,被刺配到这成人社会的"远恶军州"来的。这无期的流刑虽然使我永无还乡之望,但凭这脸上的金印,还可回溯往昔,追寻故乡的美丽的梦啊!

一九三四年六月七日

菊林

我十三四岁在小学读书的时候，菊林是一个六岁的小和尚。如果此人现在活着而不还俗，则是一个六十多岁的老和尚了。

我们的西溪小学堂办在市梢①的西竺庵里，借他们的祖师殿为校舍。我们入学，必须走进山门，通过大殿。因此和和尚们天天见面。西竺庵是个子孙庙，老和尚收徒弟，先进山门为大。菊林虽只六岁，却是先进山门，后来收的十三四岁的本诚，要叫他"师父"。这些小和尚，都是穷苦人家卖出来的，三块钱一岁。像菊林只能卖十八元。菊林年幼，生

---

①市梢：市镇街道的尽头。——编者注

活全靠徒弟照管。"阿拉①师父跌了一跤!"本诚抱他起来。"阿拉师父撒尿出了!"本诚替他换裤子。"阿拉师父困着了!"本诚抱他到楼上去。

僧房的楼窗外挂着许多风肉。这些和尚都爱吃肉,而且堂堂皇皇地挂在窗口。他们除了做生意(即拜忏)时吃素之外,平日都吃荤。而且拜忏结束之时,最后一餐也吃荤。有一次我看见老和尚打菊林的屁股,为的是菊林偷肉吃。

西竺庵里常常拜忏,差不多每月举行一次,每次都有名目:大佛菩萨生日,观音菩萨生日,某祖师生日等等。届时邀请当地信佛的太太们来参加。太太们都很高兴,可以借佛游春。她们每人都送香金。富有的人家送的很重,贫家随缘乐助。每次拜忏,和尚的收入是可观的。和尚请太太们吃素斋,非常丰盛。太太们吃好之后,在碗底下放几个铜钱,叫做洗碗钱。菊林在这一天很出风头。他合掌向每位太太拜揖,口称"阿弥陀佛"。他的面孔像个皮球,声音喃喃呐呐,每个太太都怜爱他,给他糖果或铜板角子。她们调查这小和尚的身世,知道他一出世就父母双亡,阿哥阿嫂生活困

---

①阿拉:吴语词汇,可表示"我""我的""我们"。——编者注

难，把他卖做小和尚。菊林心地很好，每次拜忏的收入，铜板角子交给老和尚，糖果和他的徒弟分吃。

抗战胜利后我从重庆归来，去凭吊劫后的故乡，看见西竺庵一部分还在。我入内瞻眺，在廊柱石凳之间依稀仿佛地看见六岁的菊林向我合掌行礼。庵中的和尚不知去向，屋宇都被尘封。大概他们都在这浩劫中散而之四方矣。但不知菊林下落如何。

阿庆

我的故乡石门湾虽然是一个人口不满一万的小镇,但是附近村落甚多,每日上午,农民出街做买卖,非常热闹,两条大街上肩摩踵接,推一步走一步,真是一个商贾辐辏的市场。我家住在后河,是农民出入的大道之一。多数农民都是乘航船来的,只有卖柴的人,不便乘船,挑着一担柴步行入市。

卖柴,要称斤两,要找买主。农民自己不带秤,又不熟悉哪家要买柴。于是必须有一个"柴主人"。他肩上扛着一支大秤,给每担柴称好分量,然后介绍他去卖给哪一家。柴主人熟悉情况,知道哪家要硬柴,哪家要软柴,分配各得其所。卖得的钱,农民九五扣到手,其余百分之五是柴主人的

第三辑 美的心灵
——用孩童之心感受生命的温度

佣钱。农民情愿九五扣到手，因为方便得多，他得了钱，就好扛着空扁担入市去买物或喝酒了。

我家一带的柴主人，名叫阿庆。此人姓什么，一向不传，人都叫他阿庆。阿庆是一个独身汉，住在大井头的一间小屋里，上午忙着称柴，所得佣钱，足够一人衣食，下午空下来，就拉胡琴。他不喝酒，不吸烟，唯一的嗜好是拉胡琴。他拉胡琴手法纯熟，各种京戏他都会拉。当时留声机还不普遍流行，就有一种人背一架有喇叭的留声机来卖唱，听一出戏，收几个钱。商店里的人下午空闲，出几个钱买些精神享乐，都不吝惜。这是不能独享的，许多人旁听，在出钱的人并无损失。阿庆便是旁听者之一。但他的旁听，不仅是享乐，竟是学习。他听了几遍之后，就会在胡琴上拉出来。足见他在音乐方面，天赋独厚。

夏天晚上，许多人坐在河沿上乘凉。皓月当空，万籁无声。阿庆就在此时大显身手。琴声婉转悠扬，引人入胜。浔阳江头的琵琶，恐怕不及阿庆的胡琴。因为琵琶是弹弦乐器，胡琴是摩擦弦乐器。摩擦弦乐器接近于肉声，容易动人。钢琴不及小提琴好听，就是为此。中国的胡琴，构造比小提琴简单得多。但阿庆演奏起来，效果不亚于小提琴，这完全是心灵手巧之故。有一个青年羡慕阿庆的演奏，请他教授。阿庆只能把内外两弦上的字眼——上尺工凡六五乙仕——教给他。此人按字眼拉奏乐曲，生硬乖异，不成腔调。他怪怨胡琴不好，拿阿庆的胡琴来拉奏，依旧不成腔调，只得废然而罢。记得西洋音乐史上有一段插话：有一个非常高明的小提琴家，在一只皮鞋底上装四根弦线，照样会奏出美妙的音乐。阿庆的胡琴并非特制，他的心手是特制的。

笔者曰：阿庆孑然一身，无家庭之乐。他的生活乐趣完全寄托在胡琴上。可见音乐感人之深，又可见精神生活有时可以代替物质生活。感悟佛法而出家为僧者，亦犹是也。

癞六伯

癞六伯，是离石门湾五六里的六塔村里的一个农民。这六塔村很小，一共不过十几份人家，癞六伯是其中之一。我童年时候，看见他约有五十多岁，身材瘦小，头上有许多癞疮疤。因此人都叫他癞六伯。此人姓甚名谁，一向不传，也没有人去请教他。只知道他家中只有他一人，并无家属。既然称为"六伯"，他上面一定还有五个兄或姐，但也一向不传。总之，癞六伯是孑然一身。

癞六伯孑然一身，自耕自食，自得其乐。他每日早上挽了一只篮步行上街，走到木场桥边，先到我家找奶奶，即我母亲。"奶奶，这几个鸡蛋是新鲜的，两支笋今天早上才掘起来，也很新鲜。"我母亲很欢迎他的东西，因为的确都很新鲜。但他不肯讨价，总说"随你给吧"。我母亲为难，叫店里的人代为定价。店里人说多少，癞六伯无不同意。但我母亲总是多给些，不肯欺负这老实人。于是癞六伯道谢而去。他先到街上"做生意"，即卖东西，大约九点多钟，他就坐在对河的汤裕和酒店门前的板桌上吃酒了。这汤裕和是一家酱园，但兼卖热酒。门前搭着一个大凉棚，凉棚底下，靠河口，设着好几张板桌。癞六伯就占据了一张，从容不迫地吃时酒。时酒，是一种白色的米酒，酒力不大，不过二十度，远非烧酒可比，价钱也很便宜，但颇能醉人。因为做酒的时候，酒缸底上用砒霜画一个"十"字，酒中含有极少量的砒霜。砒霜少量原是无害而有益的，它能养筋活血，使酒力遍达全身，因此这时酒颇能醉人，但也醒得很快，喝过之后一两个钟头，酒便完全醒了。农民大都爱吃时酒，就为了它价钱便宜，醉得很透，醒得很快。农民都要工作，长醉是不相宜的。我也爱吃这种酒，后来客居杭州上海，常常从故乡买时酒来喝。因为我要写作，宜饮此酒。李太白"但愿长醉不愿醒"，我不愿。

且说癞六伯喝时酒，喝到饱和程度，还了酒钱，提着篮子起身回家了。此时他头上的癞疮疤变成通红，走步有些摇摇晃晃。走到桥上，便开始骂人了。他站在桥顶上，指

"爸爸回来了"

姊妹

第三辑 美的心灵
——用孩童之心感受生命的温度

手划脚地骂:"皇帝万万岁,小人日日醉!""你老子不怕!""你算有钱?千年田地八百主!""你老子一条裤子一根绳,皇帝看见让三分!"骂的内容大概就是这些,反复地骂到十来分钟。旁人久已看惯,不当一回事。癞六伯在桥上骂人,似乎是一种自然现象,仿佛鸡啼之类。我母亲听见了,就对陈妈妈说:"好烧饭了,癞六伯骂过了。"时间大约在十点钟光景,很准确的。

有一次,我到南沈浜亲戚家作客。下午出去散步,走过一爿小桥,一只狗声势汹汹地赶过来。我大吃一惊,想拾石子来抵抗,忽然一个人从屋后走出来,把狗赶走了。一看,这人正是癞六伯,这里原来是六塔村了。这屋子便是癞六伯的家。他邀我进去坐,一面告诉我:"这狗不怕。叫狗勿咬,咬狗勿叫。"我走进他家,看见环堵萧然,一床、一桌、两条板凳、一只行灶之外,别无长物。墙上有一个搁板,堆着许多东西,碗盏、茶壶、罐头,连衣服也堆在那里。他要在行灶上烧茶给我吃,我阻止了。他就向搁板上的罐头里摸出一把花生来请我吃:"乡下地方没有好东西,这花生是自己种的,燥倒还燥。"我看见墙上贴着几张花纸,即新年里买来的年画,有《马浪荡》《大闹天宫》《水没金山》等,倒很好看。他就开开后门来给我欣赏他的竹园。这里有许多枝竹,一群鸡,还种着些菜。我现在回想,癞六伯自耕自食,自得其乐,很可羡慕。但他毕竟孑然一身,孤苦伶仃,不免身世之感。他的喝酒骂人,大约是泄愤的一种方法吧。

不久,亲戚家的五阿爹来找我了。癞六伯又抓一把花生来塞在我的袋里。我道谢告别,癞六伯送我过桥,喊走那只狗。他目送我回南沈浜。我去得很远了,他还在喊:"小阿官[①]!明天再来玩!"

[①]小阿官:作者家乡一带对小主人的称呼。——编者注

王囡囡

每次读到鲁迅《故乡》中的闰土,便想起我的王囡囡。王囡囡是我家贴邻豆腐店里的小老板,是我童年时代的游钓伴侣。他名字叫复生,比我大一二岁,我叫他"复生哥哥"。那时他家里有一祖母,很能干,是当家人;一母亲,终年在家烧饭,足不出户;还有一"大伯",是他们的豆腐店里的老司务,姓钟,人们称他为钟司务或钟老七。

祖母的丈夫名王殿英,行四,人们称这祖母为"殿英四娘娘"叫得口顺,变成"定四娘娘"。母亲名庆珍,大家叫她"庆珍姑娘"。她的丈夫叫王三三,早年病死了。庆珍姑娘在丈夫死后十四个月生一个遗腹子,便是王囡囡。请邻近的绅士沈四相公取名字,取了"复生"。复生的相貌和钟司务非常相象。人都说:"王囡囡口上加些小胡子,就是一个钟司务。"

钟司务在这豆腐店里的地位,和定四娘娘并驾齐驱,有时竟在其上。因为进货,用人,经商等事,他最熟悉,全靠他支配。因此他握着经济大权。他非常宠爱王囡囡,怕他死去,打一个银项圈挂在他的项颈里。市上凡有新的玩具,新的服饰,王囡囡一定首先享用,都是他大伯买给他的。我家开染坊店,同这豆腐店贴邻,生意清淡;我的父亲中举人后科举就废,在家坐私塾。我家经济远不及王囡囡家的富裕,因此王囡囡常把新的玩具送我,我感谢他。王囡囡项颈里戴一个银项圈,手里拿一枝长枪,年幼的孩子和猫狗看见他都逃避。这神情宛如童年的闰土。

我从王囡囡学得种种玩艺。第一是钓鱼,他给我做钓竿,弯钓钩。拿饭粒装在钓钩上,在门前的小河里垂钓,可以钓得许多小鱼。活活地挖出肚肠,放进油锅里煎一下,拿来下饭,鲜美异常。其次是摆擂台。约几个小朋友到附近的姚家坟上去,王囡囡高踞在坟山上摆擂台,许多小朋友上去打,总是打他不下。一朝打下了,王囡囡就请大家吃花生米,每人一包。又次是放纸鸢。做纸鸢,他不擅长,要请教

第三辑 美的心灵
——用孩童之心感受生命的温度

我。他出钱买纸,买绳,我出力糊纸鸢,糊好后到姚家坟去放。其次是缘树。姚家坟附近有一个坟,上有一株大树,枝叶繁茂,形似一顶阳伞。王囡囡能爬到顶上,我只能爬在低枝上。总之,王囡囡很会玩耍,一天到晚精神勃勃,兴高采烈。

有一天,我们到乡下去玩,有一个挑粪的农民,把粪桶碰了王囡囡的衣服。王囡囡骂他,他还骂一声"私生子!"王囡囡面孔涨得绯红,从此兴致大大地减低,常常皱眉头。有一天,定四娘娘叫一个关魂婆来替她已死的儿子王三三关魂。我去旁观。这关魂婆是一个中年妇人,肩上扛一把伞,伞上挂一块招牌,上写"捉牙虫算命"。她从王囡囡家后门进来。凡是这种人,总是在小巷里走,从来不走闹市大街。大约她们知道自己的把戏鬼鬼祟祟,见不得人,只能骗骗愚夫愚妇。牙痛是老年人常有的事,那时没有牙医生,她们就利用这情况,说会"捉牙虫"。记得我有一个亲戚,有一天请一个婆子来捉牙虫。这婆子要小解了,走进厕所去。旁人偷偷地看看她的膏药,原来里面早已藏着许多小虫。婆子出来,把膏药贴在病人的脸上,过了一会,揭起来给病人看,"喏!你看:捉出了这许多虫,不会再痛了。"这证明她的捉牙虫全然是骗人。算命、关魂,更是骗人的勾当了。闲话少讲，且说定四娘娘叫关魂婆进来，坐在一只摇纱椅子[①]上。她先问："要叫啥人？"定四娘娘说："要叫我的儿子三三。"关魂婆打了三个呵欠，说："来了一个灵官，长面孔……"定四娘娘说"不是"。关魂婆又打呵欠，说："来了一个灵官……"定四娘娘说："是了，是我三三了。三三！你撇得我们好苦！"就一把鼻涕，一把眼泪地哭。后来对着庆珍姑娘说："喏，你这不争气的婆娘，还不快快叩头！"这时庆珍姑娘正抱着她的第二个孩子（男，名掌生）喂奶，连忙跪在地上，孩子哭起来，王囡囡哭起来，棚里的驴子也叫起来。关魂婆又代王三三的鬼魂说了好些话，我大都听不懂。后来她又打一个呵欠，就醒了。定四娘娘给了她钱，她讨口茶吃了，出去了。

王囡囡渐渐大起来，和我渐渐疏远起来。后来我到杭州去上学了，就和他阔别。年假暑假回家时，听说王囡囡常要打他的娘。打过之后，第二天去买一支参来，煎了汤，定要娘吃。我在杭州学校毕业后，就到上海教书，到日本游学。抗日战争前一两年，我回到故乡，王囡囡有一次到我家里

[①]摇纱椅子：作者家乡的一种靠背竹椅，妇女摇纱（纺纱）时常坐此椅，故名。——编者注

第三辑 美的心灵
——用孩童之心感受生命的温度

来，叫我"子恺先生"，本来是叫"慈弟"的。情况真同闰土一样。抗战时我逃往大后方，八九年后回乡，听说王囡囡已经死了，他家里的人不知去向了。而他儿时的游钓伴侣的我，以七十多岁的高龄，还残生在这娑婆世界上，为他写这篇随笔。

笔者曰：封建时代礼教杀人，不可胜数。王囡囡庶民之家，亦受其毒害。庆珍姑娘大可堂皇地再嫁与钟老七。但因礼教压迫，不得不隐忍忌讳，酿成家庭之不幸，冤哉枉也。

给我的孩子们[1]

我的孩子们！我憧憬于你们的生活，每天不止一次！我想委曲地说出来，使你们自己晓得。可惜到你们懂得我的话的意思的时候，你们将不复是可以使我憧憬的人了。这是何等可悲哀的事啊！

瞻瞻！你尤其可佩服。你是身心全部公开的真人。你什么事体都像拼命地用全副精力去对付。小小的失意，像花生米翻落地了，自己嚼了舌头了，小猫不肯吃糕了，你都要哭得嘴唇翻白，昏去一两分钟。外婆普陀去烧香买回来给你的泥人，你何等鞠躬尽瘁地抱他，喂他；有一天你自己失

---

[1] 本篇曾载于《文学周报》1926年12月26日第4卷第6期。——编者注

第三辑 美的心灵
——用孩童之心感受生命的温度

手把他打破了,你的号哭的悲哀,比大人们的破产,失恋,broken heart(心碎),丧考妣,全军覆没的悲哀都要真切。两把芭蕉扇做的脚踏车,麻雀牌堆成的火车,汽车,你何等认真地看待,挺直了嗓子叫"汪——","咕咕咕……",来代替汽笛。宝姐姐讲故事给你听,说到"月亮姐姐挂下一只篮来,宝姐姐坐在篮里吊了上去,瞻瞻在下面看"的时候,你何等激昂地同她争,说"瞻瞻要上去,宝姐姐在下面看!"甚至哭到漫姑面前去求审判。我每次剃了头,你真心地疑我变了和尚,好几时不要我抱。最是今年夏天,你坐在我膝上发现了我腋下的长毛,当作黄鼠狼的时候,你何等伤心,你立刻从我身上爬下去,起初眼瞪瞪地对我端相,继而大失所望地号哭,看看,哭哭,如同对被判定了死罪的亲友一样。你要我抱你到车站里去,多多益善地要买香蕉,满满地擒了两手回来,回到门口时你已经熟睡在我的肩上,手里的香蕉不知落在哪里去了。这是何等可佩服的真率,自然,与热情!大人间的所谓"沉默""含蓄""深刻"的美德,比起你来,全是不自然的,病的,伪的!

你们每天做火车,做汽车,办酒,请菩萨,堆六面画,唱歌,全是自动的,创造创作的生活。大人们的呼号"归自然!""生活的艺术化!""劳动的艺术化!"在你们面前

万物可爱
丰子恺写给孩子的散文

真是出丑得很了!依样画几笔画,写几篇文的人称为艺术家,创作家,对你们更要愧死!

你们的创作力,比大人真是强盛得多哩:瞻瞻!你的身体不及椅子的一半,却常常要搬动它,与它一同翻倒在地上;你又要把一杯茶横转来藏在抽斗里,要皮球停在壁上,要拉住火车的尾巴,要月亮出来,要天停止下雨。在这等小小的事件中,明明表示着你们的小弱的体力与智力不足以应付强盛的创作欲、表现欲的驱使,因而遭逢失败。然而你们是不受大自然的支配,不受人类社会的束缚的创造者,所以你的遭逢失败,例如火车尾巴拉不住,月亮呼不出来的时候,你们决不承认是事实的不可能,总以为是爹爹妈妈不肯帮你们办到,同不许你们弄自鸣钟同例,所以愤愤地哭了,你们的世界何等广大!

你们一定想:终天无聊地伏在案上弄笔的爸爸,终天闷闷地坐在窗下弄引线的妈妈,是何等无气性的奇怪的动物!你们所视为奇怪动物的我与你们的母亲,有时确实难为了你们,摧残了你们,回想起来,真是不安心得很!

阿宝!有一晚你拿软软的新鞋子,和自己脚上脱下来的

第三辑　美的心灵
——用孩童之心感受生命的温度

鞋子，给凳子的脚穿了，划袜立在地上，得意地叫"阿宝两只脚，凳子四只脚"的时候，你母亲喊着"齷齪了袜子！"立刻擒你到藤榻上，动手毁坏你的创作。当你蹲在榻上注视你母亲动手毁坏的时候，你的小心里一定感到"母亲这种人，何等杀风景而野蛮"吧！

瞻瞻！有一天开明书店送了几册新出版的毛边的《音乐入门》来。我用小刀把书页一张一张地裁开来，你侧着头，站在桌边默默地看。后来我从学校回来，你已经在我的书架上拿了一本连史纸印的中国装的《楚辞》，把它裁破了十几页，得意地对我说："爸爸！瞻瞻也会裁了！"瞻瞻！这在你原是何等成功的欢喜，何等得意的作品！却被我一个惊骇的"哼！"字喊得你哭了。那时候你也一定抱怨"爸爸何等不明"吧！

软软！你常常要弄我的长锋羊毫，我看见了总是无情地夺脱你。现在你一定轻视我，想道："你终于要我画你的画集的封面！"①

---

①《给我的孩子们》这篇文章原为《子恺画集》的代序。《子恺画集》的封面为软软所作。——编者注

万物可爱
丰子恺写给孩子的散文

最不安心的,是有时我还要拉一个你们所最怕的陆露沙医生来,教他用他的大手来摸你们的肚子,甚至用刀来在你们臂上割几下,还要教妈妈和漫姑擒住了你们的手脚,捏住了你们的鼻子,把很苦的水灌到你们的嘴里去。这在你们一定认为太无人道的野蛮举动吧!

孩子们!你们真果抱怨我,我倒欢喜;到你们的抱怨变为感谢的时候,我的悲哀来了!

我在世间,永没有逢到像你们样出肺肝相示的人。世间的人群结合,永没有像你们样的彻底地真实而纯洁。最是我到上海去干了无聊的所谓"事"回来,或者去同不相干的人们做了叫做"上课"的一种把戏回来,你们在门口或车站旁等我的时候,我心中何等惭愧又欢喜!惭愧我为什么去做这等无聊的事,欢喜我又得暂时放怀一切地加入你们的真生活的团体。

但是,你们的黄金时代有限,现实终于要暴露的。这是我经验过来的情形,也是大人们谁也经验过的情形。我眼看见儿时的伴侣中的英雄,好汉,一个个退缩,顺从,妥协,屈服起来,到像绵羊的地步。我自己也是如此。"后之视

第三辑　美的心灵
——用孩童之心感受生命的温度

今，亦犹今之视昔"，你们不久也要走这条路呢！

我的孩子们！憧憬于你们的生活的我，痴心要为你们永远挽留这黄金时代在这册子里。然这真不过像"蜘蛛网落花"略微保留一点春的痕迹而已。且到你们懂得我这片心情的时候，你们早已不是这样的人，我的画在世间已无可印证了！这是何等可悲哀的事啊！

《子恺画集》代序，1926年耶诞节作。

从孩子得到的启示[1]

晚上喝了三杯老酒,不想看书,也不想睡觉,捉一个四岁的孩子华瞻来骑在膝上,同他寻开心。我随口问:

"你最喜欢什么事?"

他仰起头一想,率然地回答:

"逃难。"

我倒有点奇怪:"逃难"两字的意义,在他不会懂得,

---

[1] 本篇曾载于《小说月报》1927年7月10日第18卷第7号。——编者注

第三辑　美的心灵
——用孩童之心感受生命的温度

为什么偏偏选择它？倘然懂得，更不应该喜欢了。我就设法探问他：

"你晓得逃难就是什么？"

"就是爸爸、妈妈、宝姐姐、软软……娘姨，大家坐汽车，去看大轮船。"

啊！原来他的"逃难"的观念是这样的！他所见的"逃难"，是"逃难"的这一面！这真是最可喜欢的事！

一个月以前，上海还属孙传芳的时代，国民革命军将到上海的消息日紧一日，素不看报的我，这时候也定一份《时事新报》，每天早晨看一遍。有一天，我正在看昨天的旧报，等候今天的新报的时候，忽然上海方面枪炮声响了，大家惊惶失色，立刻约了邻人，扶老携幼地逃到附近的妇孺救济会里去躲避。其实倘然此地果真进了战线，或到了败兵，妇孺救济会也是不能救济的。不过当时张皇失措，有人提议这办法，大家就假定它为安全地带，逃了进去。那里面地方很大，有花园、假山、小川、亭台、曲栏、长廊、花树、白鸽，孩子们一进去，登临盘桓，快乐得如入新天地了。忽然兵车在墙外轰过，上海方面的机关枪声、炮声，愈响愈近，又愈密了。大家坐定之后，听听，想想，方才觉到这里也不是安全地带，当初不过是自骗罢了。有决断的人先出来雇汽车逃往租界。每走出一批人，留在里面的人增一次恐慌。我们集合邻人来商议，也决定出来雇汽车，逃到杨树浦的沪江大学。于是立刻把小孩子们从假山中、栏杆内捉出来，装进汽车里，飞奔杨树浦了。

所以决定逃到沪江大学者，因为一则有邻人与该校熟识，二则该校是外国人办的学校，较为安全可靠。枪炮声渐远渐弱，到听不见了的时候，我们的汽车已到沪江大学。他们安排一个房间给我们住，又为我们代办膳食。傍晚，我坐在校旁黄浦江边的青草堤上，怅望云水遥忆故居的时候，许多小孩子采花、卧草，争看无数的帆船、轮船的驶行，又是快乐得如入新天地了。

次日，我同一邻人步行到故居来探听情形的时候，青天白日的旗子已经招展在晨风中，人人面有喜色，似乎从此可庆承平了。我们就雇汽车去迎回避难的眷属，重开我们的窗户，恢复我们的生活。从此"逃难"两字就变成家人的谈话

第三辑 美的心灵
——用孩童之心感受生命的温度

的资料。

这是"逃难"。这是多么惊慌、紧张而忧患的一种经历！然而人物一无损丧，只是一次虚惊；过后回想，这回好似全家的人突发地出门游览两天。我想假如我是预言者，晓得这是虚惊，我在逃难的时候将何等有趣！素来难得全家出游的机会，素来少有坐汽车、游览、参观的机会。那一天不论时，不论钱，浪漫地、豪爽地、痛快地举行这游历，实在是人生难得的快事！只有小孩子真果感得这快味！他们逃难回来以后，常常拿香烟篰子来叠作栏杆、小桥、汽车、轮船、帆船；常常问我关于轮船、帆船的事；墙壁上及门上又常常有有色粉笔画的轮船、帆船、亭子、石桥的壁画出现。可见这"逃难"，在他们脑中有难忘的欢乐的印象。所以今晚我无端地问华瞻最喜欢什么事，他立刻选定这"逃难"。原来他所见的，是"逃难"的这一面。

不止这一端：我们所打算，计较，争夺的洋钱，在他们看来个个是白银的浮雕的胸章；仆仆奔走的行人，血汗涔涔的劳动者，在他们看来个个是无目的地在游戏，在演剧；一切建设，一切现象，在他们看来都是大自然的点缀、装饰。

唉！我今晚受了这孩子的启示了：他能撤去世间事物的因果关系的网，看见事物的本身的真相。他是创造者，能赋给生命于一切的事物。他们是"艺术"的国土的主人。唉，我要从他学习！

一九二六年

第四辑 艺术生活
——儿童的本质是艺术的

他们(儿童)往往能注意大人们所不能注意的事,发现大人们所不能发现的点。所以儿童的本质是艺术的。

手指

已故日本艺术论者上田敏的艺术论中，曾经说过这样的话："五根手指中，无名指最美。初听这话不易相信，手指头有甚么美丑呢？但仔细观察一下，就可看见无名指在五指中，形状最为秀美。……"大意如此，原文已不记得了。

我从前读到他这一段话时，觉得很有兴趣。这位艺术论者的感觉真锐敏，趣味真丰富！五根手指也要细细观察而加以美术的批评。但也只对他的感觉与趣味发生兴味，却未能同情于他的无名指最美说。当时我也为此伸出自己的手来仔细看了一会。不知是我的视觉生得不好，还是我的手指生得不好之故，始终看不出无名指的美处。注视了长久，反而觉得恶心起来：那些手指都好像某种蛇虫，而无名指尤其蜿蜒可怕。假如我的视觉与手指没有毛病,上田氏所谓最美,大概就是指这一点罢?

这会我偶然看看自己的手,想起了上田氏的话。我知道了上田氏的所谓"美"是唯美的美。借他们的国语说,是onnarashii(女相的)的美,不是otokorashii(男相的)的美。在绘画上说,这是"拉费尔(拉斐尔)前派"(Pre-Raphaelists)一流的优美,不是赛尚痕(塞尚)(Cézanne)以后的健美。在美术潮流上说,这是世纪末的颓废的美,不是新时代感觉的力强的美。

但我仍是佩服上田先生的感觉的锐敏与趣味的丰富,因为他这句话指示了我对于手指的鉴赏。我们除残废者外,大家随时随地随身带着十根手指,永不离身,也可谓相亲相近了;然而难得有人鉴赏它们,批评它们。这也不能不说是一种疏忽!仔细鉴赏起来,一只手上的五根手指,实在各有不同的姿态,各具不同的性格。现在我想为它们逐一写照:

大指在五指中,是形状最难看的一人。他自惭形秽,常常退居下方,不与其他四者同列。他的身材矮而胖,他的头大而肥,他的构造简单,人家都有两个关节,他只有一个。

第四辑 艺术生活
——儿童的本质是艺术的

因此他的姿态丑陋，粗俗，愚蠢而野蛮；有时看了可怕。记得我小时候，我乡有一个捉狗屎的疯子，名叫顾德金的，看见了我们小孩子，便举起手来，捏一个拳，把大指矗立在上面，而向我们弯动大指的关节。这好像一支手枪正要向我们射发，又好像一件怪物正在向我们点头，我们见了最害怕，立刻逃回家中，依在母亲身旁。屡屡如此，后来母亲就利用"顾德金来了"一句话来作为阻止我们恶戏的法宝了。为有这一段故事，我现在看了大指的姿态愈觉可怕。但不论姿态，想想他的生活看，实在不可怕而可敬。他在五指中是工作最吃苦的工人。凡是享乐的生活，都由别人去做，轮不着他。例如吃香烟，总由中指食指持烟，他只得伏在里面摸摸香烟屁股；又如拉胡琴，总由其他四指按弦，却叫他相帮扶住琴身；又如弹风琴弹洋琴（钢琴），在十八世纪以前也只用其他四指；后来德国音乐家罢哈（巴赫）（Sebastian Bach）总算提拔他，请他也来弹琴；然而按键的机会，他总比别人少。又凡是讨好的生活，也都由别人去做，轮不着他。例如招呼人，都由其他四人上前点头，他只得呆呆地站在一旁；又如搔痒，也由其他四人上前卖力，他只得退在后面。反之，凡是遇着吃力的工作，其他四人就都退避，让他上前去应付。例如水要喷出来，叫他死力抵住；血要流出来，叫他拼命捺住；重东西要翻倒去，叫他用劲扳住；要吃果物了,叫他细细剥皮;要读书了,叫他翻书页;要进门了,叫他揿电铃;天黑了,叫他开电灯;医生打针的时候还要叫他用力把药水注射到血管里去。种种苦工都归他做,他决不辞劳。其他四人除了享乐的讨好的事用他不着外,稍微吃力一点的就都要他帮忙。他的地位恰好站在他们的对面,对无论哪个都肯帮忙。他人没有了他的助力,事业都不成功。在这点上看来,他又是五指中最重要,最力强的分子。位列第一,而名之曰"大",曰"巨",曰"拇",诚属无愧。日本人称此指曰"亲指"(oyayubi),又用为"丈夫"的记号;英国人称"受人节制"曰"under one's thumb",其重要与力强于此盖可想见。用人群作比,我想把大拇指比方农人。

难看,吃苦,重要,力强,都比大拇指稍差,而最常与大拇指合作的,是食指。这根手指在形式上虽与中指无名指小指这三个有闲阶级同列,地位看似比劳苦阶级的大拇指高得多,其实他的生活介乎两阶级之间,比大拇指舒服得有限,比其他三指吃力得多!这在他的姿态上就可看出。除了大拇指以外,他最苍老:头团团的,皮肤硬硬的,指爪厚厚的。周身的姿态远不及其他三指的窈窕,都是直直落落的强硬的曲线。有的食指两旁简直成了直线,而且从头至尾一样

第四辑 艺术生活
——儿童的本质是艺术的

粗细,犹似一段香肠。因为他实在是个劳动者。他的工作虽不比大拇指的吃力,却比大拇指的复杂。拿笔的时候,全靠他推动笔杆,拇指扶着,中指衬着,写出种种复杂的字来。取物的时候,他出力最多,拇指来助,中指等难得来衬。遇到龌龊的,危险的事,都要他独个人上前去试探或冒险。秽物,毒物,烈物,他接触的机会最多;刀伤,烫伤,轧伤,咬伤,他消受的机会最多。难怪他的形骸要苍老了。他的气力虽不及大拇指那么强,然而他具有大拇指所没有的"机敏"。故各种重要工作都少他不得。指挥方向必须请他,打自动电话必须请他,扳枪机也必须请他。此外打算盘,捻螺旋,解纽扣等,虽有大拇指相助,终是要他主干的。总之,手的动作,差不多少他不来,凡事必须请他上前作主。故英人称此指为fore finger,又称之为index,我想把食指比方工人。

五指中地位最优,相貌最堂皇的,无如中指。他住在中央,左右都有屏藩。他的身体最高,在形式上是众指中的首领人物。他的两个贴身左右,无名指与食指,大小长短均仿佛,好像关公左右的关平与周仓,一文一武,片刻不离地护卫着。他的身体夹在这两个人中间,永远不受外伤冲撞,故皮肤秀嫩,颜色红润,曲线优美,处处显示着养尊处优的幸福,名义又最好听:大家称他为"中",日本人更敬重他,又尊称之为"高高指"(taka taka yubi)。但讲到能力,他其实是徒有其形,徒美其名,徒尸其位,而很少用处的人。每逢做事,名义上他总是参加的,实际上他总不出力。譬如攫取一物,他因为身体最长,往往最先碰到物,好像取得这物是他一人的功劳。其实,他一碰到之后就退在一旁,让大拇指和食指这两个人去出力搬运,他只在旁略为扶衬而已。又如推却一物,他因为身体最长,往往与物最先接触,好像推却这物是他一个人的功劳。其实,他一接触之后就退在一旁,让大拇指和食指这两个人去出力推开,他只在旁略为助热而已。《左传》:"阖庐伤将指"句下注云:"将指,足大指也。言其将领诸指。足之用力大指居多。手之取物中指为长。故足以大指为将,手以中指为将。"可见中指在众手指中,好比兵士中的一个将官,令兵士们上前杀战,而自己退在后面。名义上他也参加战争,实际上他不必出力。我想把中指比方官吏。

无名指和小指,真的两个宝贝!姿态的优美无过于他们。前者的优美是女性的,后者的优美是儿童的。他们的皮肤都很白嫩,体态都很秀丽,样子都很可爱。然而,能力的薄弱也无过于他们了。无名指本身的用处,只有研脂粉，蘸药末，戴指戒。日本人称他为"红差指"（benisashi yubi），是说研磨胭脂粉用的指头。又称他为"药指"（kusuri yubi），就是说有时靠他研研药末，或者蘸些药末来敷在患处。英国人称他为ring finger，就是为他爱戴指戒的原故。至于小指的本身的用处，更加藐小，只是挖挖耳朵，扒扒鼻涕而已。他们也有被重用的时候：在丝竹管弦上，他们的能力不让于别人。当一个戴金刚钻指戒的女人要在交际社会中显示她的美丽与富有的时候，常用"兰花手指"撮了香烟或酒杯来敬呈她所爱慕的人，这两根手指正是这朵"兰花"中最优美的两瓣。除了这等享乐的光荣的事以外，遇到工作，他们只是其他三指的无力的附庸。我想把无名指比方纨绔儿，把小指比方弱者。

故我不能同情于上田氏的无名指最美说，认为他的所谓美是唯美，是优美，是颓废的美。同时我也无心别唱一说，在五指中另定一根最美的手指。我只觉五指的姿态与性格，有如上之差异，却并无爱憎于其间。我觉得手指的全体，同人群的全体一样。五根手指倘能一致团结，成为一个拳头以抵抗外侮，那就根根有效，根根有力量，不复有善恶强弱之分了。

一九三六年三月卅一日作，曾载《宇宙风》

颜面

我小时候从李叔同先生学习弹琴,每弹错了一处,李先生回头向我一看。我对于这一看比什么都害怕。当时也不自知其理由,只觉得有一种不可当力,使我难于消受。现在回想起来,方知他这一看的颜面表情中历历表出着对于音乐艺术的尊敬,对于教育使命的严重,和对于我的疏忽的惩诫,实在比校长先生的一番训话更可使我感动。古人有故意误拂琴弦,以求周郎的一顾的;我当时实在怕见李先生的一顾,总是预先练得很熟,然后到他面前去还琴。

但是现在,李先生那种严肃的慈祥的脸色已不易再见,却在世间看饱了各种各样的奇异的脸色。——当作雕刻或纸

第四辑　艺术生活
——儿童的本质是艺术的

脸具看时，倒也很有兴味。

在人们谈话议论的座中，与其听他们的言辞的意义，不如看他们的颜面的变化，兴味好得多，且在实际上，也可以更深切地了解各人的心理。因为感情的复杂深刻的部分，往往为理义的言说所不能表出，而在"造形的"（plastic）脸色上历历地披露着。不但如此，尽有口上说"是"而脸上明明表出"非"的怪事。聪明的对手也能不听其言辞而但窥其脸色，正确地会得其心理。然而我并不想做这种聪明的对手，我最欢喜当作雕刻或纸脸具看人的脸孔。

看惯了脸，以为脸当然如此。但仔细凝视，就觉得颜面是很奇怪的一种形象。同是两眼，两眉，一口，一鼻排列在一个面中，而有万人各不相同的形式。同一颜面中，又有喜，怒，哀，乐，嫉妒，同情，冷淡，阴险，仓皇，忸怩……等千万种表情。凡词典内所有的一切感情的形容词，在颜面上都可表演，正如自然界一切种类的线具足于裸体中一样。推究其差别的原因，不外乎这数寸宽广的浮雕板中的形状与色彩的变化而已。

就五官而论，耳朵在表情上全然无用。记得某文学家说，耳朵的形状最表出人类的兽相。我从前曾经取一大张纸，在其中央剪出一洞，套在一个朋友的耳朵上，而单独地观看耳朵的姿态，久之不认识其为耳朵，而越觉得可怕。这大概是为了耳朵一向躲在鬓边，素不登颜面表情的舞台的原故。只有日本文学家芥川龙之介对于中国女子的耳朵表示敬意，说玲珑而洁白像贝壳。然耳朵无论如何美好，也不过像鬓边的玉兰花一类的装饰物而已，与表情全无关系。实际，耳朵位在脸的边上，只能当作这浮雕板的两个环子，不入浮雕范围之内。

在浮雕的版图内，鼻可说是颜面中的北辰，固定在中央。眉，眼，口，均以它为中心而活动，而作出各种表情。眉位在上方，形态简单；然与眼有表里的关系，处于眼的伴奏者的地位。演奏"颜面表情"的主要旋律的，是眼与口。二者的性质又不相同：照顾恺之的意见，"传神写照，正在阿堵之中"，故其画人常数年不点睛，说"点睛便欲飞去"，则眼是最富于表情的。然而口也不差：肖像画的似否，口的关系居多；试用粉笔在黑板上任意画一颜面，而仅变更其口的形状，大小，厚薄，弯度，方向，地位，可得各种完全不同的表情。故我以为眼与口在颜面表情上同样重

第四辑　艺术生活
——儿童的本质是艺术的

要，眼是"色的"；口是"形的"。眼不能移动位置，但有青眼白眼等种种眼色；口虽没有色，但形状与位置的变动在五官中最为剧烈。倘把颜面看作一个家庭，则口是男性的，眼是女性的，两者常常协力而作出这家庭生活中的诸相。

然更进一步，我就要想到颜面构造的本质的问题。神造人的时候，颜面的创作是根据某种定理的，抑任意造出的？即颜面中的五官的形状与位置的排法是必然的，抑偶然的？从生理上说来，也许是合于实用的原则的，例如眉生在眼上，可以保护眼；鼻生在口上，可以帮助味觉。但从造形上说来，不必一定，苟有别种便于实用的排列法，我们也可同样地承认其为颜面，而看出其中的表情。各种动物的颜面，便得按照别种实用的原则而变更其形状与位置的。我们在动物的颜面中，一样可以看出表情，不过其脸上的筋肉不动，远不及人面的表情的丰富而已。试仔细辨察狗的颜面，可知各狗的相貌也各不相同。我们平常往往以"狗"的一个概念抹杀各狗的差别，难得有人尊重狗的个性，而费心辨察它们的相貌。这犹之我小时候初到上海，第一次看见西洋人，觉得面孔个个一样，红头巡捕尤其如此。——我的母亲每年来上海一二次，看西洋人总说"这个人又来了"。——实则西洋人与印度人看我们，恐怕也是这样。这全是黄白异种的原故，我们看日本人或朝鲜人就没有这种感觉。这异种的范围推广起来，及于禽兽的时候，即可辨识禽兽的相貌。所以照我想来，人的颜面的形状与位置不一定要照现在的排法，不过偶然排成这样而已。倘变换一种排法，同样地有表情。只因我们久已看惯了现在状态的颜面，故对于这种颜面的表情，辨识力特别丰富又精细而已。

至于眼睛有特殊训练的艺术家，尤其是画家，就能推广其对于颜面表情的辨识力，而在自然界一切生物无生物中看出种种的表情。"拟人化"（personification）的看法即由此而生。在桃花中看出笑颜，在莲花中看出粉脸，又如德国理想派画家Böcklin（勃克林），其描写波涛，曾画一魔王追扑一弱女，以象征大波的吞没小浪，这可谓拟人化的极致了。就是非画家的普通人，倘能应用其对于颜面的看法于一切自然界，也可看到物象表情。有一个小孩子曾经发现开盖的洋琴（钢琴）（piano）的相貌好像露出一口整齐而洁白的牙齿的某先生，Waterman[①]的墨水瓶姿态像邻家的肥胖的妇人。我叹佩这孩子的造形的敏感。孩子比大人，概念弱而直观强，故所见更多拟人的印象，容易看见物象的真相。艺术家

[①]Waterman：华特门，一种墨水的牌子名（原系人名）。——编者注

阿宝两只脚
凳子四只脚

冬

就是学习孩子们这种看法的。艺术家要在自然中看出生命，要在一草一木中发现自己，故必推广其同情心，普及于一切自然，有情化一切自然。

这样说来，不但颜面有表情而已；无名的形状，无意义的排列，在明者的眼中都有表情，与颜面表情一样地明显而复杂。中国的书法便是其一例。西洋现代的立体派等新兴美术又是其一例吧？

一九二八年耶稣圣诞前十日在江湾缘缘堂

竹影（节选）

吃过晚饭后，天气还是闷热。窗子完全开开了，房间里还坐不牢。太阳虽已落山，天还没有黑。一种幽暗的光弥漫在窗际，仿佛电影中的一幕。我和弟弟就搬了藤椅子，到屋后的院子里去乘凉。

天空好像一盏乏了油的灯，红光渐渐地减弱。我把眼睛守定西天看了一会，看见那光一跳一跳地沉下去，非常微细，但又非常迅速而不可挽救。正在看得出神，似觉眼梢头另有一种微光，渐渐地在那里强起来。回头一看，原来月亮已在东天的竹叶中间放出她的清光。院子里的光景已由暖色变成寒色，由长音阶（大音阶）变成短音阶（小音阶）了。门口一个黑影出现，好像一只立起的青蛙儿，向我们跳将过

第四辑 艺术生活
——儿童的本质是艺术的

来。来的是华明。

"嗄,你们惬意得很!这椅子给我坐的?"他不待我们回答,一屁股坐在藤椅上,剧烈地摇他的两脚。他的椅子背所靠着的那根竹,跟了他的动作而发抖,上面的竹叶作出萧萧的声音来。这引动了三人的眼,大家仰起头来向天空看。月亮已经升得很高,隐在一丛竹叶中。竹叶的摇动把她切成许多不规则的小块,闪烁地映入我们的眼中。大家赞美了一番之后……我说:"可爱的星期六晚上已经在这里了!我们今晚干些什么呢?"弟弟说:"我们谈天吧。我先有一个问题给你们猜:细看月亮光底下的人影,头上出烟气。这是什么道理?"我和华明都不相信,于是大家走出竹林外,蹲下来看水门汀上的人影。我看了好久,果然看见头上有一缕一缕的细烟,好像漫画里所描写的动怒的人。"是口里的热气吧?""是头上的汗水在那里蒸发吧?"大家蹲在地上争论了一会,没有解决。华明的注意力却转向了别处;他从身边摸出一枝半寸长的铅笔来,在水门汀上热心地描写自己的影。描好了,立起来一看,真像一只青蛙,他自己看了也要笑。徘徊之间,我们同时发现了映在水门汀上的竹叶的影子,同声地叫起来:"啊!好看啊!中国画!"华明就拿半寸长的铅笔去描。弟弟手痒起来,连忙跑进屋里去拿铅笔。

我学他的口头禅喊他："对起，对起，给我也带一枝来！"不久他拿了一把木炭来分送我们。华明就收藏了他那半寸长的法宝，改用木炭来描。大家蹲下去，用木炭在水门汀上参参差差地描出许多竹叶来。一面谈着："这一枝很像校长先生房间里的横幅呢！""这一丛很像我家堂前的立轴呢！""这是《芥子园画谱》里的！""这是吴昌硕的！"忽然一个大人的声音在我们头上慢慢地响出来："这是管夫人的！"大家吃了一惊，立起身来，看见爸爸反背着手立在水门汀旁的草地上看我们描竹，他明明是来得很久了。华明难为情似的站了起来，把拿木炭的手藏在背后，似乎恐防爸爸责备他弄脏了我家的水门汀。爸爸似乎很理解他的意思，立刻对着他说道："谁想出来的？这画法真好玩呢！我也来描几瓣看。"弟弟连忙拣木炭给他。爸爸也蹲在地上描竹叶了，这时候华明方才放心，我们也更加高兴，一边描，一边拿许多话问爸爸：

"管夫人是谁？""她是一位善于画竹的女画家。她的丈夫名叫赵子昂，是一位善于画马的男画家。他们是元朝人，是中国很有名的两大夫妻画家。"

"马的确难画，竹有什么难画呢？照我们现在这种描

第四辑　艺术生活
——儿童的本质是艺术的

法，岂不很容易又很好看吗？""容易固然容易，但是这么'依样画葫芦'，终究缺乏画意，不过好玩罢了。画竹不是照真竹一样描，须经过选择和布置。画家选择竹的最好看的姿态，巧妙地布置在纸上，然后成为竹的名画。这选择和布置很困难，并不比画马容易。画马的困难在于马本身上，画竹的困难在于竹叶的结合上。粗看竹画，好像只是墨笔的乱撒，其实竹叶的方向、疏密、浓淡、肥瘦，以及集合的形体，都要讲究。所以在中国画法上，竹是一专门部分。平生专门研究画竹的画家也有。"

"竹为什么不用绿颜料来画，而常用墨笔来画呢？用绿颜料撒竹叶，不更像吗？""中国画不注重'像不像'，不像西洋画那么画得同真物一样。凡画一物，只要能表现出像我们闭目回想时所见的一种神气，就是佳作了。所以西洋画像照相，中国画像符号。符号只要用墨笔就够了。原来墨是很好的一种颜料，它是红黄蓝三原色等量混合而成的。故墨画中看似只有一色，其实包罗三原色，即包罗世界上所有的颜色。故墨画在中国画中是很高贵的一种画法。故用墨来画竹，是最正当的。倘然用了绿颜料，就因为太像实物，反而失却神气。所以中国画家不欢喜用绿颜料画竹；反之，却欢喜用与绿相反对的红色来画竹。这叫做'朱竹'，是用笔蘸了朱砂来撇的。你想,世界上哪有红色的竹?但这时候画家所描的,实在已经不是竹,而是竹的一种美的姿势,一种活的神气,所以不妨用红色来描。"爸爸说到这里,丢了手中的木炭,立起身来结束说:"中国画大都如此。我们对中国画应该都取这样的看法。"

月亮渐渐升高来,竹影渐渐与地上描着的木炭线相分离,现出参差不齐的样子来,好像脱了版的印刷。夜渐深了,华明就告辞。"明天日头里来看这地上描着的影子,一定更好看。但希望天不要落雨,洗去了我们的'墨竹',大家明天会!"他说着就出去了。我们送他出门。

我回到堂前,看见中堂挂着的立轴——吴昌硕描的墨竹,似觉更有意味。那些竹叶的方向、疏密、浓淡、肥瘦,以及集合的形体,似乎都有意义,表出着一种美的姿态,一种活的神气。

学画回忆

我七八岁时入私塾,先读《三字经》,后来又读《千家诗》。

《千家诗》每页上端有一幅木版画,记得第一幅画的是一只大象和一个人,在那里耕田,后来我知道这是二十四孝中的大舜耕田图。但当时并不知道画的是什么意思,只觉得看上端的画,比读下面的"云淡风轻近午天"有趣。我家开着染坊店,我向染匠司务讨些颜料来,溶化在小盅子里,用笔蘸了为书上的单色画着色,涂一只红象,一个蓝人,一片紫地,自以为得意。但那书的纸不是道林纸,而是很薄的中国纸,颜料涂在上面的纸上,会渗透下面好几层。我的颜料笔又吸得饱,透得更深。等得着好色,翻开书来一看,下面七八页上,都有一只红象、一个蓝人和一片紫地,好像用三色版套印的。

第二天上书的时候,父亲——就是我的先生——就骂,几乎要打手心;被母亲和大姐劝住了,终于没有打。我抽抽咽咽地哭了一顿,把颜料盅子藏在扶梯底下了。晚上,等到父亲上鸦片馆去了,我再向扶梯底下取出颜料盅子,叫红英——管我的女仆——到店堂里去偷几张煤头纸来,就在扶梯底下的半桌上的"洋油手照"①底下描色彩画。画一个红人,一只蓝狗,一间紫房子……这些画的最初的鉴赏者,便是红英。后来母亲和诸姐也看到了,她们都说"好";可是我没有给父亲看,防恐吃手心。这就叫做"七岁入塾即擅长丹青"。况且向染坊店里讨来的颜料不止丹和青呢!

后来,我在父亲晒书的时候找到了一部人物画谱,翻一翻,看见里面花样很多,便偷偷地取出了,藏在自己的抽斗里。晚上,又偷偷地拿到扶梯底下的半桌上去给红英看。这回不想再在书上着色;却想照样描几幅看,但是一幅也描不

---

①洋油手照:作者家乡的方言,指火油灯。——编者注

第四辑 艺术生活
——儿童的本质是艺术的

像。亏得红英想工①好，教我向习字簿上撕下一张纸来，印着了描。记得最初印着描的是人物谱上的柳柳州像。当时第一次印描没有经验，笔上墨水吸得太饱，习字簿上的纸又太薄，结果描是描成了，但原本上渗透了墨水，弄得很龌龊，曾经受大姐的责骂。这本书至今还存在，最近我晒旧书时候还翻出这个弄龌龊了的柳柳州像来看：穿着很长的袍子，两臂高高地向左右伸起，仰起头作大笑状。但周身都是斑斓的墨点，便是我当日印上去的。回思我当日最初就印这幅画的原因，大概是为了他高举两臂作大笑状，好像我的父亲打呵欠的模样，所以特别有兴味吧。后来，我的"印画"的技术渐渐进步。

大约十二三岁的时候（父亲已经弃世，我在另一私塾读书了），我已把这本人物谱统统印全。所用的纸是雪白的连史纸，而且所印的画都着色。着色所用的颜料仍旧是染坊里的，但不复用原色。我自己会配出各种的间色来，在画上施以复杂华丽的色彩，同塾的学生看了都很欢喜，大家说"比原本上的好看得多"！而且大家问我讨画，拿去贴在灶间里，当作灶君菩萨，或者贴在床前，当作新年里买的"花纸

---

①想工：作者家乡的方言，指办法。——编者注

儿"。所以说我"课余常摹古人笔意,写人物花鸟之图,以为游戏。同塾年长诸生竞欲乞得其作品而珍藏之",也都有因;不过其事实是如此。

至于学生夺画相殴打,先生请我画至圣先师孔子像,悬诸塾中,命诸生晨夕礼拜,也都是确凿的事实,你听我说吧:那时候我们在私塾中弄画,同在现在社会里抽鸦片一样,是不敢公开的。我好像是一个土贩或私售灯吃的,同学们好像是上了瘾的鸦片鬼,大家在暗头里作勾当。先生坐在案桌上的时候,我们的画具和画都藏好,大家一摇一摆地读"幼学"书。等到下午,照例一个大块头来拖先生出去吃茶了,我们便拿出来弄画。我先一幅幅地印出来,然后一幅幅地涂颜料。同学们便像看病时向医生挂号一样,依次认定自己所欲得的画。得画的人对我有一种报酬,但不是稿费或润笔,而是种种玩意儿:金铃子一对连纸匣;挖空老菱壳一只,可以加上绳子去当作陀螺抽的;"云"字顺治铜钱一枚(有的顺治铜钱,后面有一个字,字共有二十种。我们儿时听大人说,积得了一套,用绳编成宝剑形状,挂在床上,夜间一切鬼都不敢来。但其中,好像是"云"字,最不易得,往往为缺少此一字而编不成宝剑。故这种铜钱在当时的我们之间是一种贵重的赠品),或者铜管子(就是当时炮船上新

第四辑 艺术生活
——儿童的本质是艺术的

用的后膛枪子弹的壳）一个。

有一次，两个同学为交换一张画，意见冲突，相打起来，被先生知道了。先生审问之下，知道相打的原因是为画；追求画的来源，知道是我所作，便厉声喊我走过去。我料想是吃戒尺了，低着头不睬，但觉得手心里火热了。终于先生走过来了。我已吓得魂不附体；但他走到我的座位旁边，并不拉我的手，却问我"这画是不是你画的"？我回答一个"是"，预备吃戒尺了。他把我的身体拉开，抽开我的抽斗，搜查起来。我的画谱、颜料，以及印好而未着色的画，就都被他搜出。我以为这些东西全被没收了：结果不然，他但把画谱拿了去，坐在自己的椅子上一张一张地观赏起来。过了好一会，先生旋转头来叱一声"读"！大家朗朗地读"混沌初开，乾坤始奠……"这件案子便停顿了。我偷眼看先生，见他把画谱一张一张地翻下去，一直翻到底。放假①的时候我夹了书包走到他面前去作一个揖，他换了一种与前不同的语气对我说："这书明天给你。"

第二天早上我到塾，先生翻出画谱中的孔子像，对

---

① 放假：放学。——编者注

我说:"你能看了样画一个大的吗?"我没有防到先生也会要我画起画来,有些"受宠若惊"的感觉,支吾地回答说"能"。其实我向来只是"印",不能"放大"。这个"能"字是被先生的威严吓出来的。说出之后心头发一阵闷,好像一块大石头吞在肚里了。先生继续说:"我去买张纸来,你给我放大了画一张,也要着色彩的。"我只得说"好"。同学们看见先生要我画画了,大家装出惊奇和羡慕的脸色,对着我看。我却带着一肚皮心事,直到放假。

放假时我夹了书包和先生交给我的一张纸回家,便去向大姐商量。大姐教我,用一张画方格子的纸,套在画谱的书页中间。画谱纸很薄,孔子像就有经纬格子范围着了。大姐又拿缝纫用的尺和粉线袋给我在先生交给我的大纸上弹了大方格子,然后向镜箱中取出她画眉毛用的柳条枝来,烧一烧焦,教我依方格子放大的画法。那时候我们家里还没有铅笔和三角板、米突尺,我现在回想大姐所教我的画法,其聪明实在值得佩服。我依照她的指导,竟用柳条枝把一个孔子像的底稿描成了;同画谱上的完全一样,不过大得多,同我自己的身体差不多大。我伴着了热烈的兴味,用毛笔钩出线条;又用大盆子调了多量的颜料,着上色彩,一个鲜明华丽而伟大的孔子像就出现在纸上。店里的伙计,作坊里的司

第四辑　艺术生活
——儿童的本质是艺术的

务，看见了这幅孔子像，大家说"出色"！还有几个老妈子，尤加热烈地称赞我的"聪明"和画得"齐整"，并且说："将来哥儿给我画个容像，死了挂在灵前，也沾些风光。"我在许多伙计、司务和老妈子的盛称声中，俨然成了一个小画家。但听到老妈子要托我画容像，心中却有些儿着慌。我原来只会"依样画葫芦"的。全靠那格子放大的枪花①，把书上的小画改成为我的"大作"；又全靠那颜色的文饰，使书上的线描一变而为我的"丹青"。格子放大是大姐教我的，颜料是染匠司务给我的，归到我自己名下的工作，仍旧只有"依样画葫芦"。如今老妈子要我画容像，说"不会画"有伤体面；说"会画"将来如何兑现？且置之不答，先把画缴给先生去。先生看了点头。次日画就粘贴在堂名匾下的板壁上。学生们每天早上到塾，两手捧着书包向它拜一下；晚上散学，再向它拜一下。我也如此。

自从我的"大作"在塾中的堂前发表以后，同学们就给我一个绰号"画家"。每天来访先生的那个大块头看了画，点点头对先生说："可以。"这时候学校初兴，先生忽然要把我们的私塾大加改良了。他买一架风琴来，自己先练习几

---

①枪花：作者家乡的方言，指耍手段。——编者注

万物可爱
丰子恺写给孩子的散文

天,然后教我们唱"男儿第一志气高,年纪不妨小"的歌。又请一个朋友来教我们学体操。我们都很高兴。有一天,先生呼我走过去,拿出一本书和一大块黄布来,和蔼地对我说:"你给我在黄布上画一条龙,"又翻开书来,继续说:"照这条龙一样。"原来这是体操时用的国旗。我接受了这命令,只得又去向大姐商量,再用老法子把龙放大,然后描线、涂色。但这回的颜料不是从染坊店里拿来,是由先生买来的铅粉、牛皮胶和红、黄、蓝各种颜色。我把牛皮胶煮溶了,加入铅粉,调制各种不透明的颜料,涂到黄布上,同西洋中世纪的fresco[①]画法相似。龙旗画成了,就被高高地张在竹竿上,引导学生通过市镇,到野外去体操。

我悔不在体操后偷把龙旗藏过了,好让我的传记里添两句:"其画龙点睛后忽不见,盖已乘云上天矣。"我的"画家"绰号自此更盛行;而老妈子的画像也催促得更紧了。我再向大姐商量。她说二姐丈会画肖像,叫我到他家去"偷关子"。我到二姐丈家,果然看见他们有种种特别的画具:玻璃九宫格、擦笔、conté[②]、米突尺、三角板。我向二姐丈

---
①fresco:壁画。——编者注
②conté:一种蜡笔。——编者注

第四辑 艺术生活
——儿童的本质是艺术的

请教了些笔法,借了些画具,又借了一包照片来,作为练习的范本。因为那时我们家乡地方没有照相馆,我家里没有可用玻璃格子放大的四寸半身照片。回家以后,我每天一放学就埋头在擦笔照相画中。这原是为了老妈子的要求而"抱佛脚"的;可是她没有照相,只有一个人。我的玻璃格子不能罩到她的脸孔上去,没有办法给她画像。天下事有会巧妙地解决的。大姐在我借来的一包样本中选出某老妇人的一张照片来,说:"把这个人的下巴改尖些,就活像我们的老妈子了。"我依计而行,果然画了一幅八九分像的肖像画,外加在擦笔上面涂以漂亮的淡彩:粉红色的肌肉,翠蓝色的上衣,花带镶边;耳朵上外加挂上一双金黄色的珠耳环。老妈子看见珠耳环,心花盛开,即使完全不像,也说"像"了。自此以后,亲戚家死了人我就有差使——画容像。活着的亲戚也拿一张小照来叫我放大,挂在厢房里;预备将来可现成地移挂在灵前。我十七岁出外求学,年假、暑假回家时还常常接受这种义务生意。直到我十九岁时,从先生学了木炭写生画,读了美术的论著,方才把此业抛弃。到现在,在故乡的几位老伯伯和老太太之间,我的擦笔肖像画家的名誉依旧健在;不过他们大都以为我近来"不肯"画了,不再来请教我。前年还有一位老太太把她的新死了的丈夫的四寸照片寄到我上海的寓所来,哀求地托我写照。此道我久已生疏,早已没有画具，况且又没有时间和兴味。但无法对她说明，就把照片送到霞飞路的某照相馆里，托他们放大为廿四寸的，寄了去。后遂无问津者。

假如我早得学木炭写生画，早得受美术论著的指导，我的学画不会走这条崎岖的小径。唉，可笑的回忆，可耻的回忆，写在这里，给学画的人作借镜吧。

一九三四年二月作

儿童与音乐

儿童时代所唱的歌,最不容易忘记。而且长大后重理旧曲,最容易收复儿时的心。

我总算是健忘的人,但儿时所唱的歌一曲也没有忘记。我儿时所唱的歌,大部分是光绪末年商务出版的沈心工编的小学唱歌。这种书现在早已绝版,流传于世的也大不容易找求。但有不少页清楚地印刷在我的脑中,不能磨灭。我每逢听到一个主三和弦(do,mi,sol)继续响出,心中便会想起儿时所唱的《春游》歌来。

云淡风轻,微雨初晴,假期恰遇良辰。
既栉我发,既整我襟,出游以写幽情。

万物可爱
丰子恺写给孩子的散文

绿荫为盖,芳草为茵,此间空气清新。(下略)

现在我重唱这旧曲时只要把眼睛一闭,当时和我一同唱歌的许多小伴侣的姿态便会一齐显现出来:在阡陌之间,携着手踏着脚大家挺直嗓子,仰天高歌。有时我唱到某一句,鼻子里竟会闻到一阵油菜花的香气,无论是在秋天、冬天,或是在都会中的房间里。所以我无论何等寂寞,何等烦恼,何等忧惧,何等消沉的时候,只要一唱儿时的歌,便有儿时的心出来抚慰我,鼓励我,解除我的寂寞、烦恼、忧惧和消沉,使我回复儿时的健全。

又如这三个音的节奏形式一变,便会在我心中唤起另一曲《励学》歌来。(因为这曲的旋律也是以主三和弦的三个音开始的。)

黑奴红种相继尽,唯我黄人酣未醒。
亚东大陆将沉没,一曲歌成君且听。
人生为学须及时,艳李秾桃百日姿。(下略)

我们学唱歌,正在清朝末年,四方多难,人心乱动的时候。先生费了半个小时来和我们解说歌词的意义。慷慨激

第四辑 艺术生活
——儿童的本质是艺术的

昂地说,中国政治何等腐败,人民何等愚弱,你们倘不再努力用功,不久一定要同黑奴红种一样。先生讲时声色俱厉,眼睛里几乎掉下泪来。我听了十分感动,方知道自己何等不幸,生在这样危殆的祖国里。我唱到"亚东大陆将沉没"一句,惊心胆跳,觉得脚底下这块土地真个要沉下去似的。

所以我现在每逢唱到这歌,无论在何等逸乐,何等放荡,何等昏迷,何等冥顽的时候,也会警惕起来,振作起来,体验到儿时的纯正热烈的爱国的心情。

每一曲歌,都能唤起我儿时的某一种心情。记述起来,不胜其烦。诗人云:"瓶花妥帖炉烟定,觅我童心二十年。"我不须瓶花炉烟,只消把儿时所唱的许多歌温习一遍,二十五年前的童心可以全部觅得回来了。

这恐怕不是我一人的特殊情形。因为讲起此事,每每有人真心地表示同感。儿时的同学们同感尤深,有的听我唱了某曲歌,能历历地说出当时唱歌教室里的情况来,使满座的人神往于美丽的憧憬中。这原是为了音乐感人的力至深至大的原故。回想起来,用音乐感动人心的故事,古今东西的童话传说中所见不可胜计,爱看童话的小朋友们,大概都会讲出一两个来的吧。

　　因此我惊叹音乐与儿童关系之大。大人们弄音乐，不过一时鉴赏音乐的美，好像喝一杯美酒，以求一时的陶醉。儿童的唱歌，则全心没入于其中，而终身服膺勿失。我想，安得无数优美健全的歌曲，交付与无数素养丰足的音乐教师，使他传授给普天下无数天真烂漫的童男童女？假如能够这样，次代的世间一定比现在和平幸福得多。因为音乐能永远保住人的童心。而和平之神与幸福之神，只降临于天真烂漫的童心所存在的世间。失了童心的世间，诈伪险恶的社会里，和平之神与幸福之神连影踪也不会留存的。

一九三二年九月十三日作

美与同情

有一个儿童,他走进我的房间里,便给我整理东西。他看见我的表面合覆在桌子上,给我翻转来。看见我的茶杯放在茶壶的环子后面,给我移到口子前面来。看见我床底下的鞋子一顺一倒,给我掉转来。看见我壁上的立幅的绳子拖出在前面,搬了凳子,给我藏到后面去。我谢他:

"哥儿,你这样勤勉地给我收拾!"

他回答我说:

"不是,因为我看了那种样子,心情很不安适。"是的,他曾说:"表面合覆在桌子上,看它何等气闷!""茶杯躲在它母亲的背后,教它怎样吃奶奶?""鞋子一顺一倒,教它们怎样谈话?""立幅的辫子拖在前面,像一个鸦片鬼。"我实在钦佩这哥儿的同情心的丰富。从此我也着实留意于东西的位置,体谅东西的安适了。它们的位置安适,我们看了心情也安适。于是我恍然悟到,这就是美的心境,就是文学的描写中所常用的看法,就是绘画的构图上所经营的问题。这都是同情心的发展。普通人的同情只能及于同类的人,或至多及于动物;但艺术家的同情非常深广,与天地造化之心同样深广,能普及于有情非有情的一切物类。

我次日到高中艺术科上课,就对她们作这样的一番讲话:

世间的物有各种方面,各人所见的方面不同。譬如一株树,在博物家,在园丁,在木匠,在画家,所见各人不同,博物家见其性状,园丁见其生息,木匠见其材料,画家见其姿态。

但画家所见的,与前三者又根本不同:前三者都有目的,都想起树的因果关系,画家只是欣赏目前的树的本身的姿态,而别无目的。所以画家所见的方面,是形式的方面,

第四辑　艺术生活
——儿童的本质是艺术的

不是实用的方面。换言之，是美的世界，不是真善的世界。美的世界中的价值标准与真善的世界中全然不同，我们仅就事物的形状、色彩、姿态而欣赏，更不顾问其实用方面的价值了。所以一枝枯木，一块怪石，在实用上全无价值，而在中国画家是很好的题材。无名的野花，在诗人的眼中异常美丽。故艺术家所见的世界，可说是一视同仁的世界，平等的世界。艺术家的心，对于世间一切事物都给以热诚的同情。

故普通世间的价值与阶级，入了画中便全部撤销了。画家把自己的心移入于儿童的天真的姿态中而描写儿童，又同样地把自己的心移入于乞丐的病苦的表情中而描写乞丐。画家的心，必常与所描写的对象相共鸣共感，共悲共喜，共泣共笑，倘不具备这种深广的同情心，而徒事手指的刻划，绝不能成为真的画家。即使他能描画，所描的至多仅抵一幅照相。

画家须有这种深广的同情心，故同时又非有丰富而充实的精神力不可。倘其伟大不足与英雄相共鸣，便不能描写英雄，倘其柔婉不足与少女相共鸣，便不能描写少女。故大艺术家必是大人格者。

艺术家的同情心，不但及于同类的人物而已，又普遍地及于一切生物无生物，犬马花草，在美的世界中均是有灵魂而能泣能笑的活物了。诗人常常听见子规的啼血，秋虫的促织，看见桃花的笑东风，蝴蝶的送春归，用实用的头脑看来，这些都是诗人的疯话。其实我们倘能身入美的世界中，而推广其同情心，及于万物，就能切实地感到这些情景了。画家与诗人是同样的，不过画家注重其形色姿态的方面而已。没有体得龙马的活力，不能画龙马，没有体得松柏的劲秀，不能画松柏。中国古来的画家都有这样的明训。西洋画何独不然？我们画家描一个花瓶，必其心移入于花瓶中，自己化作花瓶，体得花瓶的力，方能表现花瓶的精神。我们的心要能与朝阳的光芒一同放射，方能描写朝阳；能与海波的曲线一同跳舞，方能描写海波。这正是"物我一体"的境涯，万物皆备于艺术家的心中。

　　为了要有这点深广的同情心，故中国画家作画时先要焚香默坐，涵养精神，然后和墨伸纸，从事表现。其实西洋画家也需要这种修养，不过不曾明言这种形式而已。不但如此，普通的人，对于事物的形色姿态，多少必有一点共鸣共感的天性。房屋的布置装饰，器具的形状色彩，所以要求其美观者，就是为了要适应天性的缘故。眼前所见的都是美的

第四辑　艺术生活
——儿童的本质是艺术的

形色，我们的心就与之共感而觉得快适；反之，眼前所见的都是丑恶的形色，我们的心也就与之共感而觉得不快。不过共感的程度有深浅高下不同而已。对于形色的世界全无共感的人，世间恐怕没有；有之，必是天资极陋的人，或理智的奴隶，那些真是所谓"无情"的人了。

在这里我们不得不赞美儿童了。因为儿童大都是最富于同情的，且其同情不但及于人类，又自然地及于猫犬，花草，鸟蝶，鱼虫，玩具等一切事物，他们认真地对猫犬说话，认真地和花接吻，认真地和人像[玩偶，娃娃]（doll）玩耍，其心比艺术家的心真切而自然得多！他们往往能注意大人们所不能注意的事，发现大人们所不能发现的点。所以儿童的本质是艺术的。换言之，即人类本来是艺术的，本来是富于同情的。只因长大起来受了世智的压迫，把这点心灵阻碍或消磨了。惟有聪明的人，能不屈不挠，外部即使饱受压迫，而内部仍旧保藏着这点可贵的心。这种人就是艺术家。

西洋艺术论者论艺术的心理，有"感情移入"之说。所谓感情移入，就是说我们对于美的自然或艺术品，能把自己的感情移入于其中，没入于其中，与之共鸣共感，这时候就经验到美的滋味。我们又可知这种自我没入的行为，在儿童的生活中为最多。他们往往把兴趣深深地没入在游戏中，而忘却自身的饥寒与疲劳。圣书中说：你们不像小孩子，便不得进入天国。小孩子真是人生的黄金时代！我们的黄金时代虽然已经过去，但我们可以因了艺术的修养而重新面见这幸福，仁爱，而和平的世界。

一九二九年九月二十八日

艺术三昧

有一次我看到吴昌硕写的一方字，觉得单看各笔划，并不好。单看各个字，各行字，也并不好。然而看这方字的全体，就觉得有一种说不出的好处。单看时觉得不好的地方，全体看时都变好，非此反不美了。

原来艺术品的这幅字，不是笔笔，字字，行行的集合，而是一个融合不可分解的全体。各笔各字各行，对于全体都是有机的，即为全体的一员。字的或大或小，或偏或正，或肥或瘦，或浓或淡，或刚或柔，都是全体构成上的必要，决不是偶然的。即都是为全体而然，不是为个体自己而然的。于是我想象：假如有绝对完善的艺术品的字，必在任何一字或一笔里已经表出全体的倾向。如果把任何一字或一笔改变一个样子，全体也非统统改变不可；又如把任何一字或一笔除去，全体就不成立。换言之，在一笔中已经表出全体，在一笔中可以看出全体，而全体只是一个个体。

所以单看一笔一字或一行，自然不行。这是伟大的艺术的特点。在绘画也是如此。中国画论中所谓"气韵生动"，就是这个意思。西洋印象画派的持论："以前的西洋画都只是集许多幅小画而成一幅大画，毫无生气。艺术的绘画，非画面浑然融合不可。"在这点上想来，印象派的创生确是西洋绘画的进步。

这是一个不可思议的艺术的三昧境。在一点里可以窥见全体，而在全体中只见一个体。所谓"一有多种，二无两般"（《碧岩录》）就是这个意思吧！这道理看似矛盾又玄妙，其实是艺术的一般的特色，美学上的所谓"多样的统一"，很可明了地解释。其意义：譬如有三只苹果，水果摊上的人把它们规则地并列起来，就是"统一"。只有统一是板滞的，是死的。小孩子把它们触乱，东西滚开，就是"多样"。只有多样是散漫的，是乱的。最后来了一个画家，要写生它们，给它们安排成一个可以入画的美的位置，——两个靠拢在后方一边，余一个稍离开在前方，——望去恰好的时候，就是所谓"多样的统一",是美的。要统一,又要多样;要规则,又要不规则;要不规则的规则,规则的不规则;要一中有多,多中有一。这是艺术的三昧境!

宇宙是一大艺术。人何以只知鉴赏书画的小艺术,而不知鉴赏宇宙的大艺术呢?人何以不拿看书画的眼来看宇宙呢?如果拿看书画的眼来看宇宙,必可发现更大的三昧境。宇宙是一个浑然融合的全体,万象都是这全体的多样而统一的诸相。在万象的一点中,必可窥见宇宙的全体;而森罗的万象,只是一个个体。勃雷克(布莱克)的"一粒沙里见世界",孟子的"万物皆备于我",就是当作一大艺术而看宇宙的吧!艺术的字画中,没有可以独立存在的一笔。即宇宙间没有可以独立存在的事物。倘不为全体,各个体尽是虚幻而无意义了。那末这个"我"怎样呢?自然不是独立存在的小我,应该融入于宇宙全体的大我中,以造成这一大艺术。

学会艺术的生活

原本我们初生入世的时候,最初并不提防到这世界是如此狭隘而使人窒息的。

我们虽然由儿童变成大人,然而我们这心灵是始终一贯的心灵,即依然是儿时的心灵,只不过经过许久的压抑,所有的怒放的、炽热的感情的萌芽,屡被磨折,不敢再发生罢了。这种感情的根,依旧深深地伏在做大人后的我们的心灵中。这就是"人生的苦闷"根源。

我们谁都怀着这苦闷,我们总想发泄这苦闷,以求一次人生的畅快。艺术的境地,就是我们所开辟的、来发泄这生的苦闷的乐园。我们的身体被束缚于现实,匍匐在地上。然而我们在艺术的生活中,可以暂时放下我们的一切压迫与负担,解除我们平日处世的苦心,而做真的自己的生活,认识自己的奔放的生命。我们可以瞥见"无限"的姿态,可以体验人生的崇高、不朽,而发现生的意义与价值了。艺术教育,就是教人以这艺术的生活的。知识、道德,在人世间固然必要,然倘若缺乏这种艺术的生活,纯粹的知识与道德全是枯燥的法则的网。这网愈加繁多,人生愈加狭隘。

所谓艺术的生活,就是把创作艺术、鉴赏艺术的态度来应用在人生中,即教人在日常生活中看出艺术的情味来。倘能因艺术的修养,而得到了梦见这美丽世界的眼睛,我们所见的世界,就处处美丽,我们的生活就处处滋润了。

艺术教育就是教人用像作画、看画一样的态度来对世界;换言之,就是教人学做孩子,就是培养小孩子的这点"童心",使他们长大以后永不泯灭。童心,在大人就是一种"趣味"。培养童心,就是涵养趣味。大人与孩子,分居两个不同的世界。儿童对于人生自然,另取一种特殊的态度,即对于人生自然的"绝缘"的看法。哲学地考察起来,"绝缘"的正是世界的"真相",即艺术的世界正是真的世界。人类最初,天生是和平的、爱的。所以小孩子天生有艺术态度的基础。世间教育儿童的人,父母、老师,切不可斥儿童的痴呆,切不可把儿童大人化,宁可保留、培养他们的一点痴呆，直到成人以后。因为这痴呆就是童心。童心，在大人就是一种"趣味"。培养童心，就是涵养趣味。小孩子的生活，全是趣味本位的生活。我所谓培养，就是做父母、做老师的人，应该乘机助长，修正他们的对于事物的看法。要处处离去因袭，不守传统，不照习惯，而培养其全新的、纯洁的"人"的心。对于世间事物，处处要教他用这个全新的纯洁的心来领受，或用这个全新的纯洁的心来批判选择而实行。

认识千古大谜的宇宙与人生的，便是这个心。得到人生的最高愉悦的，便是这个心。赤子之心。

孟子说："大人者，不失其赤子之心者也。"所谓赤子之心，就是孩子的本来的心，这心是从世外带来的，不是经过这世间的造作后的心。明言之，就是要培养孩子的纯洁无疵、天真烂漫的真心，使成人之后，"不为物诱"，能主动地观察世间，矫正世间，不致被动地盲从这世间已成的习惯，而被世间结成的罗网所羁绊。

常人抚育孩子，到了渐渐成长，渐渐脱去其痴呆的童心而成为大人模样的时代，父母往往喜慰，实则这是最可悲哀的现状！因为这是尽行放失其赤子之心，而为现世的奴隶了。